Y

INSPIRATIONS.

BATIGNOLLES-MONCEAUX,
IMPRIMERIE D'AUGUSTE DESREZ,
Rue Lemercier, 24.

INSPIRATIONS

INSPIRATIONS,

POÉSIES,

PAR DÉSIRÉE PACAULT.

PARIS.
AUGUSTE DESREZ, IMPRIMEUR-ÉDITEUR,
RUE NEUVE-DES-PETITS-CHAMPS, 50.

1840.

DÉDICACE.

Dédicace.

Du sein d'une verte plaine
Où le vent, de son haleine,
Réjouit fleurs et gazons,
S'élève une ville blanche [1]
Sur qui le matin épanche
Les feux de mille horizons !

[1] Beaune, petite ville de la Bourgogne.

Pour l'embellir la nature
A composé sa ceinture
De coteaux aimés des cieux,
Et jeté sur la couronne
Que chaque printemps lui donne
Ses parfums délicieux!

Là, sous les branches pensives
Du saule ami de ses rives,
Où l'oiseau vient s'abreuver,
On entend à ses fontaines
Un bruit de sources lointaines
Qui porte l'âme à rêver!...

Simple comme la fleurette
Que l'on nomme violette

Et que cherche l'œil du jour,
Aux voyageurs qui l'admirent
Elle offre un front où se mirent
Ses toits de paix et d'amour!

Et quand l'aube matinale
Sur sa robe virginale
Voit briller la pourpre et l'or,
Quels ravissans paysages
Mêlés à l'air, aux nuages,
Le regard découvre encor!...

Ce sont des prés, des collines
Où les enfans des chaumines
Vont conduire leurs troupeaux;
Et puis des clochers rustiques
Saluant les tours antiques
Des manoirs aux lourds créneaux!

Ce fut là qu'oubliant l'heure,
Au foyer de sa demeure
Une mère me berça;
Ce fut là que de la vie,
Sur ma paupière ravie,
Le premier songe passa!

Ce fut là que ma jeune âme
S'inspira de cette flamme
Qui seule émane du ciel,
Et que la douce espérance,
En me voilant la souffrance,
Remplit ma coupe de miel!

Ce fut là, quand tout verdoie,
Que ma main, tremblant de joie,

Cueillit la première fleur,
Et qu'en baisant sa corolle,
Sans haleine et sans parole,
Je sentis battre mon cœur!...

Ce fut là que ma jeunesse
Connut la sainte allégresse
Assise au seuil paternel;
Et que tous ceux que je pleure
Écoutaient vibrer mon heure
En bénissant l'Éternel!

Ce fut là que ma pensée,
Par ses souvenirs pressée,
Plus d'une fois revola;
Et qu'un bienfaisant mensonge,
Prenant la forme d'un songe,
Du présent me consola.

C'est là, quand mon luth s'inspire,
Que lentement il soupire
L'hymne en qui le cœur a foi;
C'est là que des murs contiennent
Deux tombes où mes pleurs viennent
Leur dire souvent : « C'est moi!... »

C'est là que de mains bien chères
Sortent ces hommes, mes frères,
Nés pour faire notre orgueil :
Nobles âmes, dont le nombre
Doit faire tressaillir l'ombre
De mon père en son cercueil!

C'est là que plus d'une gloire
Rayonne sur la mémoire

De ceux qu'on a vus finir;
Et c'est là que je dépose,
Humble fleur à peine éclose,
Ces premiers chants d'avenir!...

Paris, 20 novembre 1839.

SAMMAËL.

Il eut, dans son esprit d'orgueil, une vaine complaisance pour ses perfections, dont il ne rapporta point toute la gloire à Dieu; — et Dieu s'irrita.

Sammaël[1].

Soudainement les cieux avaient tressailli; — Dieu
Venait de détourner sa face; — le tonnerre
De sa voix menaçante épouvantait la terre;
Alors un cri, pareil au lamentable adieu,
Sortant du sein de la victime,
Lorsqu'elle tombe dans l'abîme,

[1] Les juifs donnent au chef des démons le nom de Sammaël, comme nous lui donnons celui de Lucifer.

Éveilla l'immonde serpent;
Puis un esprit aux sombres ailes
Bien loin des portes éternelles
Se dirigea vers l'orient!

« Malheur! s'écriait-il, haine et guerre aux autels!
Ton règne, Jéhovah, finit; le mien commence!
Tremble, je te défie: où donc est ta puissance?
Est-elle dans ces maux qui chargent les mortels
Et les fait descendre avant l'heure
Dans cette muette demeure
Dont chacun doit franchir le seuil,
Où ne brille pas une étoile,
Pour aller soulever le voile
Qui couvre les vers du cercueil?

« Dérision! mensonge! erreur que ta bonté!
C'est un vase sans bords que l'infortuné presse

Dans ses bras desséchés par l'austère tristesse,
Avec le rire amer de l'incrédulité!
C'est la flèche qui part et tue
Celui qui cherchait dans la nue
Un rayon d'amour et d'espoir;
C'est la graine que la tempête
Éloigne du champ qui s'apprête
A s'ouvrir pour la recevoir.

« Où sont-ils, où sont-ils ces trésors précieux
Promis par ton orgueil aux enfans de la terre?
Les regrets, la douleur, la honte, la misère
Et la mort, voilà tout! — Le reste est-il aux cieux?...
Prêtres, renversez vos idoles!
Révoquez de vaines paroles
Sans valeur après le trépas!
Vierges aux volages pensées,
Vos prières sont insensées;
L'éternité n'existe pas.

« Esclaves! rougissez de votre folle erreur!
Non! non! l'éternité n'est qu'un mot pour les hommes!...
Les plaisirs? ils ne sont qu'en ces lieux où nous sommes;
Il n'est rien au delà qu'une ombre sans couleur!
Un corps rejeté dans le vide,
Un cercueil que la terre avide
A bientôt pris et dévoré;
Un cœur privé de sa puissance,
Une âme morte à l'espérance,
Dans l'air un souffle évaporé!

« Où va ce souffle? —Où va le soir la goutte d'eau
Suspendue au brin d'herbe! — Où s'en vont de l'automne
Les pâles feuilles et l'insecte qui bourdonne,
Le nid abandonné, les plumes de l'oiseau,
L'amoureux soupir de la brise,
Les adieux du luth qui se brise,
La vague plainte de l'enfant,
La fleur mordue à sa racine,

Du poëte la voix divine,
Les flots des mers? — Dans le néant!

« Le néant! puits sans fond d'où plus rien ne ressort!
A nous donc ce bonheur dont notre intelligence
Nous donne pour jouir toute la conscience!
A nous la coupe pleine et le joyeux transport!
Des roses que l'humide aurore
Vient à peine de faire éclore
Ceignez mon front, jeunes beautés!
Je veux d'une ivresse ineffable
Savourer l'instant délectable,
Et vous devoir mes voluptés!

« Filles aux tresses d'or, bercez-moi tour à tour
Dans vos bras gracieux formés pour les caresses!
Comme la jeune mère en ses douces tendresses,
Couvrez-moi de baisers et de larmes d'amour!

Que du passé la frêle image
S'efface ainsi qu'un blanc nuage
Flottant à l'horizon vermeil,
Ou que la goutte de rosée
Qui glisse bientôt, épuisée,
A travers les feux du soleil.

« Oui, l'oubli c'est le jour après la sombre nuit !
C'est, pour la faible fleur qui voit fuir la tempête,
Une nouvelle vie et des heures de fête !
Pour l'homme, du bonheur c'est ressaisir le fruit !
La liqueur gardée est amère ;
L'avenir n'est qu'une chimère ;
Le présent seul n'a pas de soir !....
— Toi que mon regard trouve belle
Et qui promets d'être fidèle,
A mes côtés, oh ! viens t'asseoir !...

«—Viens! j'aime tes cheveux, ta voix, ton œil d'azur,
Ton front serein! —ô femme aimante et généreuse!
Comme tu sais verser sur la route épineuse
Ce parfum délicat qui révèle un cœur pur!..
Comme en voilant celle qu'on pleure,
Attachant ton heure à mon heure,
Que tu cherches à m'alléger,
Tu sais, sans demander la mienne,
Me dévouer toute la tienne
Et me rendre ton joug léger!!...

. . . .
. . . .
. . . .

—Mais d'où vient que, semblable à celle d'un vieillard,
Sous ses doigts délicats sa main reste glacée?
Devant elle pourquoi sa paupière baissée
Ne laisse-t-elle plus percer qu'un froid regard?...
Sa lèvre n'a plus de parole
Pour fixer l'amour qui s'envole
En se riant d'un insensé!...
Lentement sa tête se penche,
De même qu'une jeune branche
Sur qui la tempête a passé!—

—...Tout fuit;—un gouffre affreux s'entr'ouvre sous ses pas!
Pour la première fois il pâlit, — il frissonne;...
...Il voudrait lutter;... — mais la force l'abandonne!
Son aile sans essor, comme au jour du trépas,
Palpite et reste détendue;
Tandis que son âme éperdue
Se replonge avec désespoir

Dans ce vide : — éternel supplice
De celui qui du sacrifice
A voulu briser l'encensoir !

LE JEUNE MALADE.

Le jeune malade.

Claire! laisse ta main reposer dans la mienne...
Cela me fait du bien!... Ai-je dormi longtemps?...
— Une heure! une seule heure! — Oh! moi, qui vis à peine,
Je regrette cette heure!... — Elle a calmé tes sens,
Et moi je la bénis! — Tu le sais, mon amie,
Près de toi je voudrais toujours sentir la vie,

M'enivrer de ta voix, compter, suivre tes pas,...
De toi, de toi sans cesse occuper ma pensée!...
Ma Claire!... ton amour a pour moi tant d'appas!...
Mon âme est chaque jour si doucement berçée!...—
Mon bien-aimé, tais-toi! prends garde!—Je suis mieux!...
Eloigne de ton cœur ces soudaines alarmes!....
... Passe tes doigts légers à travers mes cheveux!...
... Laisse-moi répandre des larmes:...
J'ai soif de volupté, d'amour et de bonheur!...
... J'ai besoin d'exprimer ma flamme, son délire,
Ses transports!... —Olivier!... —Presse-moi sur ton cœur!
Je t'aime tant!... je t'aime! Oh! comment te le dire?...
Lis plutôt dans mes yeux...Que tes regards sont doux!
Ah! ne m'en prive pas sitôt, ma jeune amante!..
...Claire! Claire! un baiser!...—Ton haleine est brûlante!..
...Pose ton front sur mes genoux!...
Laisse un songe léger caresser ta paupière!...
—Non! non! plus de sommeil!.. il ressemble à la mort!
—Songe à ta mère,... à moi!...—Que fait-elle, ma mère?..
—Elle a veillé ce soir; maintenant elle dort....

— Puisse l'ange des nuits environner sa couche
De ses voiles épais;
Et la main du seigneur déposer sur sa bouche
Un sourire de paix!...
Hélas! elle à besoin de calme et d'espérance!...
L'espérance! oh! dis-moi qu'elle est dans l'avenir!..
Dis que de ce printemps la magique influence
A la vie, au bonheur, me fera revenir!..
Un rayon de soleil, une feuille nouvelle,
Raniment un malade au cœur brûlant d'amour!...
Ma douce fiancée! oh! la vie est si belle
Quand on aime et qu'on peut le dire tour à tour!..
Tu m'aimes?... — Si je t'aime, Olivier! toi ma vie!
Mais si je te voyais mourir,
De la tienne ma mort serait bientôt suivie!..
— Claire, pour t'adorer j'ai cessé de souffrir!
Je suis heureux! demain veux-tu, ma bien-aimée,
Guider mes faibles pas vers ce lac au flot pur,
Qui réfléchit un ciel d'azur?...
Sa rive maintenant doit être parfumée;...

Sur ses gazons fleuris nous pourrons nous asseoir !...
Oui nous irons !..—Hélas !..—Donne-moi cet espoir,
Ma Claire! mon seul bien!—Tu trembles?—Je t'adore!
...Soutiens ma tête!..—O Dieu! ton front se décolore?
— Délire ! volupté ! regarde-moi d'amour !...
... Je ne sais quel frisson circule dans mes veines :
Est-ce ton souffle ?... il brûle... et glace tour à tour!...
... Je sens autour de moi comme deux fortes chaînes:..
Sont-ce tes bras?... Je vois des ombres voltiger...
Et... ma lampe s'éteindre! ... Ah!.. j'entends dans la brise
Qui passe sur mon front... comme un luth qui se brise!..
Je crois que je m'endors !... à toi je vais songer !...
Ma Claire !... adieu!.. Demain... au pied de la vallée,
A l'heure où les oiseaux chantent dans la feuillée
A mon réveil tu guideras mes pas !... —

. . . .

. . . .

Mais il ne se réveilla pas !..

LE PETIT PAPILLON BLEU.

Le petit papillon bleu.

Papillon bleu!... papillon bleu!..
Nuancé comme un cachemire,
Afin que mon regard t'admire,
Ne peux-tu t'arrêter un peu?...
A travers l'herbe de la plaine
J'ai beau te poursuivre, hors d'haleine,

Je ne puis m'approcher de toi!...
Plus léger que le vent qui passe,
Tu tourbillonnes dans l'espace
Et cours t'ébattre loin de moi?... —

Petit méchant! petit volage!
Oh! si tu voulais t'arrêter
Un seul instant pour m'écouter,
Je te dirais en mon langage,
Car je ne connais pas le tien :

« Veux-tu jouir d'un autre bien
« Que celui que le ciel te donne?
« — Là-bas, au soleil qui rayonne,
« Il est une blanche maison
« Qu'environne un plus vert gazon
« Que le gazon où tu reposes :
« Elle a des parfums et des fleurs,
« Des oiseaux aux mille couleurs,

« Et puis encor bien d'autres choses,
« Qui ne pourront que te charmer,
« Et que je ne veux pas nommer,
« Pour te laisser de la surprise
« Tout l'agrément et le plaisir.
« Veux-tu céder à mon désir?..
« Là du moins, quand viendra la bise,
« Tu pourras encor mollement
« Sur la mousse étendre ton aile;
« Respirer chaque fleur nouvelle,
« Et voltiger légèrement
« Au gré de ta volage envie;
« Car je protégerai ta vie,
« Qui, dit-on, ne dure qu'un jour!...
« Et puis ma mère, en son amour,
« Partageant mes soins, ma tendresse,
« Te guidera par sa sagesse...
« Tu seras heureux, j'en suis sûr!..
« Je te lirai de belles pages
« D'histoires avec leurs images

« Brillant comme l'or et l'azur!...
« Oh! tu verras quelle existence
« Je te ferai, si tu le veux!... » —

Et l'insecte sans prévoyance,
De l'enfant accueillant les vœux,
En fit tant qu'il se laissa prendre
Dans la gaze au reflet trompeur
Qui l'attendait pour le surprendre.
« Ah! dit l'enfant d'un ton moqueur,
« Te voilà donc, beau téméraire,
« Qui d'abord, sourd à ma prière,
« Sur ta trace égarais mes pas!...
« Oh! tu ne m'échapperas pas,
« Va! — grâce à ma fertile adresse
« Je te tiens!!. » — Et votre promesse? » —
Osa dire le papillon
En son mystérieux langage.
Il n'en put dire davantage;

Car un implacable aiguillon,
En transperçant son corps si frêle,
Comprima l'essor de son aile,
Qui se débattit faiblement,
Comme une feuille sous le vent!
Le pauvret avec patience
Supporta sa longue souffrance;
Et quand son souffle se perdit
Dans cette brise parfumée
Qu'hélas! il avait tant aimée,
Nul autre que Dieu n'entendit
L'accent de sa plainte dernière
Et l'adieu qui dans la poussière
Avec son regret s'éteignit!... —

— L'enfant, heureux de sa victoire,
Au logis revint triomphant;
Puis bientôt, perdant la mémoire
Du papillon, — indifférent,
En jeta les débris au vent!... —

— L'égoïste est fait de la sorte :
Pourvu qu'il s'amuse, qu'importe
S'il froisse ou brise en son chemin
Un heureux et jeune destin !
— Insensible et sans caractère,
Insatiable en ses désirs,
Il ne voit que lui sur la terre,
Et ne connaît que ses plaisirs. —

POËME

PUBLIÉ AU MOIS D'AOUT 1826,

POUR

Le rachat des enfans grecs.

Que
vos
oreilles
ne
négligent
pas toujours cette voix affligée;
Elle leur fera entendre les sons
les
plus
pénibles
dont
Jusqu'ici
elles
aient
été
frappées.

— SHAKSPEARE. —

Le Grec.

Penché sur les débris de sa légère armure,
    Un jeune Grec, victime du vainqueur,
Disait avec dédain, regardant sa blessure :
    « Ce n'est pas là qu'est toute ma douleur !...
Ibrahim a vaincu ; mais sa flèche perfide
N'est pas l'unique trait sur lequel je gémis ;
Q'importe si la mort de mon heure est avide ?

Ne vaut-elle pas mieux que des fers ennemis?
Des fers! ô mon pays! quel honteux esclavage!
Faut-il que tous vos fils éprouvent ce destin,
Et qu'ils soient moissonnés à la fleur de leur âge,
Comme au vent du midi la rose du matin!
Ne vous verrai-je plus, beau ciel de ma patrie,
Vers lequel sont tournés mes humides regards,
Et dont j'ai conservé la mémoire chérie?...
Oh! combien je t'aimais, sol heureux des beaux arts!
Que j'aimais ton soleil, la fraîcheur de tes ondes,
Le parfum de tes fleurs, tes bois silencieux,
La mousse qui couvrait tes cavernes profondes,
Qu'habitait autrefois l'interprète des dieux.
Sous tes rians bosquets assis avec ma lyre,
Au murmure des vents je formais des accords;
Une jeune beauté partageait mon délire
Et répondait sans art à mes chastes transports!
Amour, te souvient-il qu'en ces jours de tendresse
Ma mère applaudissait à notre pure ardeur,
Et que de mon amante, admirant la jeunesse,

Elle disait : « Ma fille, idole de mon cœur,
« Tout ce qui t'embellit n'offre que jouissance !
« O Naxa ! ta beauté me donne de l'orgueil !
« Je voudrais éclairer ton inexpérience ;
« Mais de la vérité je redoute l'écueil !
« Garde plutôt, Naxa, cette candeur céleste
« Que dans ton pur regard la nature fixa,
« Et que me réfléchit ta paupière modeste !... »
Ainsi parlait ma mère, et j'admirais Naxa...
O ma mère ! ô Naxa ! je sens encor vos larmes
Couler sur mon visage à l'heure des adieux !
Naxa ! quelle douleur obscurcissait tes charmes !
Quelle angoisse oppressait ton sein voluptueux !
Bravant le désespoir dont son âme est saisie,
Ma mère au champ d'honneur voulait guider mes pas :
« Cours, mon fils, disait-elle, et venge ta patrie !
« Préfère à l'esclavage un glorieux trépas ;
« Chasse des musulmans la horde sanguinaire,
« Et viens revoir encor ta mère et ton berceau !... »

. . . .

O ma mère! je meurs sur la terre étrangère!
Loin de vous.., de Naxa.., va s'ouvrir mon tombeau!..
Adieu!.. c'est pour toujours!.. Naxa, je t'ai perdue...
Plus d'hymen! de bonheur! eh bien, en ce moment
Ecoute-moi, Naxa : ma lyre est suspendue
Aux branches d'un cyprès, funeste monument
De nos tristes adieux! Va souvent sous son ombre;
Prête l'oreille au bruit que forment les zéphirs
A travers les rameaux de son feuillage sombre.
Aux soupirs de mon luth mêle aussi tes soupirs!...
Et si le souvenir de ma tendresse extrême
Comme un rayon d'amour fait tressaillir ton cœur;
Si l'écho du vallon répète encor : Je t'aime!
Que de tes sens trompés tu partages l'erreur,
J'en rends grâces aux dieux, en cet instant terrible
Où l'âme avec effort brise tous ses liens,
Et laisse sur la terre une argile insensible
Pour jouir du bonheur aux champs Élyséens!...

. . . .

Oui ! tu consoleras, tu soigneras ma mère,
Lorsque tu songeras combien je l'adorais !...
Ta présence, Naxa, lui deviendra plus chère,
Quand tu lui rediras aussi que tu m'aimais !...

. . . .

. . . .

Il dit, son œil se ferme, et sa bouche flétrie
Exhale un long soupir qu'emporte un vent léger !...
N'est-il plus, ô destin ! ce fils de la patrie !
Dans le noir Achéron viens-tu de le plonger?...

Déjà l'austère nuit a déployé son voile,
Et Phœbé, qui la suit, mêle ses doux rayons
Aux mobiles clartés de l'amoureuse étoile
Qui trace autour de soi de vifs et purs sillons.
Un silence imposant règne sur la nature :
Ce calme n'est-il pas le calme de la mort?...

Qui le trouble?... d'où part ce funèbre murmure?
Est-ce l'écho du flot apporté sur ce bord?...
Est-ce le froissement du vol de la colombe
Qui fuit avec effroi la serre du vautour?
Est-ce dans le désert une feuille qui tombe,
Frappée avant le temps par les regards du jour?...

. . . .

Non! ce bruit est plus sûr!. mais il s'éloigne, il cesse!..
Dans les flancs d'une tour s'éteint le dernier son!...

. . . .

Quel est-il, ce guerrier dont l'amère tristesse
Couvre les traits flétris? serait-ce Alcimédon?...
N'aurait-il point passé le funeste rivage?...
Sur le sol ottoman aurait-il cru mourir?...
L'aurait-on enlevé, plongé dans l'esclavage?
Sous un autre soleil va-t-il donc dépérir?

Appuyé sur le bord de la fenêtre antique
Du réduit isolé qui domine les mers,

Son cœur est agité d'un transport frénétique;
Il s'indigne, il frémit;.. ses mains portent des fers!..
Que de tourmens affreux, que de longues journées,
De regrets dévorans lui garde l'avenir!...
Des fleurs de son printemps, que le sort a fanées,
Il ne lui reste plus qu'un amer souvenir...
Oh! de ce souvenir que l'image est cruelle!
De combien de poisons elle abreuve son cœur!...
Il ne reverra plus son amante fidèle!
Il ne reverra plus le toit de son bonheur!...
Il ne reverra plus la Grèce ni sa mère!...
Dieu! comment résister à de pareils tableaux?...
Il voudrait que la mort terminât sa misère;...
Mais tandis qu'il gémit, qu'il pleure sur ses maux,
Un jeune musulman paraît dans son asile.
Le Grec à son aspect croit voir entrer la mort:
« Est-ce toi, lui dit-il, qui de ce corps fragile
« Vas me débarrasser? viens-tu changer mon sort?..
« Hâte-toi, je suis las du lien qui m'enchaîne;
« Frappe: voilà mon sein!» L'esclave lui répond:

— « Un généreux Français vient de briser ta chaîne;
« Va, sors de cette tour; mon maître a ta rançon. »
— « Ne me trompes-tu pas ? je reverrais la Grèce,
« Ma cabane, Naxa, ma mère, le soleil?...
« Je verrais les objets de ma vive tendresse
« Chaque jour me sourire au moment du réveil ?...
« J'entendrais ma Naxa me répéter : Je t'aime !...
« Ces mots viendraient encor résonner dans mon cœur ?...
« Je n'aurais point perdu la moitié de moi-même !...
« Le ciel va donc enfin couronner notre ardeur ?...
« Volons aux lieux chéris de mon heureuse enfance !.
« Volons ! pour les Français je veux prier les dieux !.. »

. . . .

Et tandis qu'il disait, l'amour et l'espérance
Sous sa nef agitaient le flot harmonieux.

L'AIGLE ET L'AIGLON,

DÉDIÉ

A MADAME AMABLE TASTU.

L'Aigle et l'Aiglon.

« Que fais-tu, pauvre aiglon, couché seul en ton aire?
— Hélas! je ne fais rien qu'admirer le soleil
Aussitôt après mon réveil,
Et gémir chaque jour; car j'ai perdu ma mère!

— Faible oiseau, je plains ton malheur!
— Noble étranger, apprenez-moi, de grâce,
Comment il faut s'élancer dans l'espace
Et suivre sur les eaux le cygne voyageur!..
Je voudrais que mon vol imitât de la lyre
Les sons purs et mélodieux,
Et qu'en me balançant mollement sous les cieux
On crût voir jouer le zéphire.
— Viens jouir de la liberté! »
Dit l'aigle en caressant l'orphelin de son aile.
Puis en lui désignant une route nouvelle,
Il remonte au séjour de l'immortalité.

Paris, 10 mars 1828.

L'INSENSÉ.

L'Insensé.

Quand la douce clarté de l'aube matinale
Guide sur le chemin les pas du voyageur,
L'avez-vous rencontré ce jeune homme au teint pâle,
Au regard vague, errant, sombre, inquiet, rêveur?..
Que vous a-t-il appris? d'où vient que ses années
Tombent derrière lui comme des fleurs fanées,
Tombent sans avenir au déclin du soleil?...

Insensible à la vie, il passe ainsi que l'ombre...
De ses jours écoulés il ignore le nombre.
Qui dira s'il repose à l'heure du sommeil?...
Ne l'entendez-vous pas parfois dans les ténèbres
Avec l'oiseau des nuits pousser des cris funèbres,
Évoquer les bienfaits de l'éternel repos,
Et mouiller de ses pleurs la pierre des tombeaux?...
Savez-vous le secret de la douleur amère
Qui brise, en gémissant, son âme tout entière
Et repousse la main qui veut le secourir?...
Ne connaissez-vous pas le lieu de sa demeure?
Hélas! sur cette terre où chaque jour il pleure
Seul devra-t-il mourir?...

Quand Phœbé répandait sa lueur fantastique,
Il penchait tristement son front mélancolique!...
Ses regards tour à tour, ardens, mystérieux,
Semblaient interroger et la terre... et les cieux!...
Et, pressant de sa main sa poitrine oppressée,

Il essayait encor de chercher sa pensée!...
Mais elle s'échappait au milieu des débris
De ses beaux jours passés, cruellement flétris!...
Il relevait alors sa tête languissante,
Puis, fixant dans son œil cette larme brûlante
Qui cherchait un passage à travers sa douleur,
Un dédaigneux sourire annonçait son malheur!
Avec emportement son pied frappait la terre;
Quelques cris étouffés exprimaient sa colère;
Et dans l'égarement d'un aveugle transport,
Il fuyait, l'insensé! Que voulait-il?... La mort!

La mort! répétait-il. Mais si sur son passage
Quelques enfans joyeux en ce moment s'offraient
Et doucement lui souriaient,
Il changeait tout à coup d'accent et de langage:
« Enfans! leur disait-il, j'aime vos blonds cheveux,
Votre teint blanc, vos bouches gracieuses;
Vos regards, purs comme les cieux!...
Laissez-moi me mêler à vos bandes joyeuses;

Vous me ferez du bien : je suis si malheureux !... »
Et la troupe folâtre, oubliant son ivresse,
Entourait le jeune homme aux yeux pleins de tristesse.
L'un saisissait sa main pour le faire courir,
L'autre agitait la sienne en sautant de plaisir.
De jeux nouveaux l'enfance est tellement avide !...
Elle ne comprend pas les mystères du cœur ;
Pour elle le temps fuit ; mais son aile rapide
N'emporte rien de son bonheur.
Pauvre insensé ! le sien, il l'attendait encore !
Et du temple voisin quand la cloche sonore
Annonçait lentement que le jour s'achevait,
Et que sous les voûtes antiques
S'exhalaient du lieu saint les chants mélancoliques,
Lui sur le seuil tout bas priait !...
Mais si devant l'autel, par sa mère amenée,
Une vierge au front pur, au sein tout palpitant,
Près de l'époux qu'alors lui donnait l'hyménée,
S'agenouillait en rougissant,
Le jeune homme aussitôt jetait un cri sauvage ;

De ses tremblantes mains il couvrait son visage,
Et du couple amoureux s'éloignait en pleurant!

Il criait à la foule : « Oh! si tu l'as connue,
Ne me dis pas encor ce qu'elle est devenue!...
Conserve dans ton sein ce mystère fatal;...
Tu m'as déjà fait tant de mal!...
Vois, je souffre!... Oh! je souffre!.. Un funeste délire
S'est emparé de ma raison;...
Prends pitié de mon sort!... Tu ris?... Oh! trahison!
Que je hais ton cruel sourire!...

. . . .

Mais, qui sait? ici-bas si je la rencontrais,
Elle rirait aussi peut-être;
Car je suis pauvre,.. errant,.. malade! Oui, je verrais
Qu'elle oserait me méconnaître!...

. . . .

Monde!... je ne veux rien de toi!...
Ainsi que le vautour qui s'attache à sa proie,
Et dont l'œil est rempli d'une perfide joie,

Faut-il te retrouver sans cesse devant moi ?...
Sais-tu, monde, sais-tu qu'autrefois sur la terre,
De même que les tiens je riais,... je chantais;...
... Effeuillant en mes mains, dans ma course légère,
Les roses que j'aimais?... »

. . . .

— Oh! dis-moi quel démon m'a ravi ma puissance?
En tous lieux je me cherche,... et ne me trouve pas!...
Tel qu'aux jours sans couleur de ma première enfance,
Dans la vie, à présent, je marche pas à pas...
Comme un homme égaré!... Vainement mon oreille
Implore,... attend,.. écoute... un son,... que rien n'éveille!...
— Où suis-je? — Répondez!... Est-ce un rêve? — demain
M'éveillerai-je?... — Hélas! qui dira mon destin?...
Qui? — le passé?... — Silence!... — O fatale pensée,
La douleur dans mon sein ne t'a donc pas brisée?...
Tu vis encor?.. — eh bien! je veux te ressaisir!...
Viens me la retracer au milieu de ces fêtes
Où de jeunes beautés de fleurs ornent leurs têtes!..

. . . .

—Je la vois.... s'animant aux charmes du plaisir,...
... Souriante,... parée... et follement joyeuse!...
Moi,... je suis seul!... —pourtant.... elle paraît heureuse!...
Orgueil d'enfant, peut-être!..—innocente candeur!..

. . . .

—Et dans mon âme alors j'enfermais ma douleur!..
...Et je jetais un nom dans le bruit des orages!..
...Je suivais sur l'azur la trace des nuages!...
... Je sentais sous ma nef les flots impétueux
S'agiter,... se presser,.... me briser avec eux!..
... J'abandonnais aux vents ma brune chevelure,
Et je disais, posant ma main sur ma blessure:

« — Connais-tu le trait dont je meurs,
Jeune fille? — sais-tu pourquoi de la vallée
Je choisis la route isolée?.. —
Non! — tu passes sans voir mes pleurs!..»

—Et je te dis tout bas :—« Quand les feux de l'orage
Rayonnent la nuit dans les cieux;
Quand la pluie avec bruit tombe sur le feuillage;
Que l'humble pèlerin chante un hymne pieux,

Et que la jeune épouse, inquiète, tremblante,
Dans le sein de son jeune époux
Se cache en lui donnant de ses lèvres d'amante
Les baisers les plus doux,

Oh! rêves-tu de moi?—Ton chaste cœur de femme
Tremble-t-il en ton sein? — écoutes-tu mes pas?..
Dis, une voix d'amour vibre-t-elle en ton âme,...
Et doucement alors ne lui réponds-tu pas?.. »

— Dès qu'on aime, la vie est si vite passée!
Elle est pour un fidèle cœur

Une seule pensée
D'amour et de bonheur!...

. . . .
. . . .

— Je disais, — et mon cœur, de ses discours avide,
Attendait avec volupté;...
Une larme mouillait ma paupière timide,..
...Et je croyais alors à la félicité!...

— Funeste illusion!... misérable espérance!
J'étais comme un enfant qu'un autre enfant balance!
... Mes yeux tournés vers toi ne considéraient pas
L'abîme menaçant entr'ouvert sous nos pas!..
Hélas! j'y tombai seul en te nommant encore!..
Le gouffre était profond,...vide,... muet,... affreux!..

Il me prit tout entier, — tel qu'un monstre odieux
Saisit sa proie et la dévore
Lentement!.. lentement!..—J'implorai ton secours!
... Ma main déjà glacée....
Cherchait encor la tienne! — et ma voix oppressée
Disait:—«Viens me sauver! viens, mes seules amours!
...Sois sensible à mes cris!.. écoute-les!... j'expire!...
Ne m'abandonne pas!... songe à notre lien!...
—J'écoutai!... j'attendis!... je crus, dans mon délire,
Entendre un faible accent... Hélas! c'était le mien! »

. . . .

. . . .

Là sa voix s'éteignit; et bientôt sous la pierre
D'une tombe isolée enfin il reposa!...

Nul signe ne marqua sa demeure dernière ;
Aussi personne n'y passa!
La place resta vide, nue ;
Elle ne fut jamais connue
Que du ciel et des vers rongeurs!
On n'y vit point errer la mouche qui bourdonne ;
Seulement les feuilles d'automne
Y tombaient chaque année à la place de pleurs! —

LA FLEUR SANS PARFUM.

La fleur sans parfum.

Pourquoi dans ce vallon resté-je solitaire
Comme une fleur croissant à l'ombre d'un tombeau?
Triste fleur qu'ici-bas la lune seule éclaire
De son pâle flambeau!...

De même qu'une esclave au malheur asservie
Traîne seule, en pleurant, de pénibles liens,

Me faut-il à chaque heure ici porter la vie
Sans jouir de ses biens ?...

Quand la dernière étoile, à l'aube matinale,
Se retire des cieux;
Quand l'aurore, sortant de sa couche d'opale,
Vient répandre en mon sein ses pleurs silencieux,
Et qu'auprès de mes sœurs accourt la frêle abeille,
Sur ma tige, humble fleur, tristement je m'éveille!..

J'admire ces flots d'or, cet horizon si pur
Qui s'étend comme un lac derrière la colline,
Sur le front de laquelle un doux rayon s'incline...

. . . .

Si j'avais d'un oiseau le plumage d'azur,
Comme je quitterais et l'herbe et la rosée,
Pour voler tout entière où s'en va ma pensée!...

Et je demande en vain à mes plus jeunes sœurs
Leurs parfums délicats et leurs grâces nouvelles!
J'invoque en soupirant ces vives étincelles
Qui rehaussent l'éclat de leurs fraîches couleurs;...
Mais triste fille, hélas! de la sombre vallée,
Sous la feuille qui dort je demeure isolée!!...

Et quand le voyageur, fatigué du soleil,
Vient s'asseoir et rêver sous cet épais feuillage,
Il me froisse en passant, pauvre fleur sans langage,
Qui n'ai pas de parfums pour charmer son réveil!...

Oh! sur la terre où s'éveille l'aurore
Faut-il pencher et me flétrir,
Lorsqu'un regard de l'astre que j'implore
Pourrait m'empêcher de mourir!...

L'ESQUIF.

L'esquif.

La voile de l'esquif se pliait sur leurs têtes ;
Les nuages couraient, et le vent des tempêtes
D'une haleine puissante à la mer en courroux
Répondait. — Mais du ciel sans redouter les coups,
Tous deux, fuyant au loin un cruel esclavage,

Ne pensaient qu'à toucher bientôt une autre plage,
Terre délicieuse où la main des amours
Devait à l'autel saint les unir pour toujours!

« Oh ! disait Ismaël, en tenant enlacée
La jeune fille objet de toute sa pensée ;
Oh ! je t'aime, Hermosa ! je t'aime avec ardeur !
Sur ton sein palpitant sens-tu battre mon cœur ?
Vois-tu dans mes regards étinceler la flamme
Qui fait à ton aspect tout trembler en mon âme ?...

« Viens ! viens ! jetons aux vents, aux flots, à l'avenir,
Ce rêve de bonheur qui ne doit pas finir !...
Mêle à mes chants d'amour ceux de ta voix si pure !
Laisse à l'entour de nous flotter ta chevelure !
Repose sur le mien ton regard caressant ;
De tes charmes pour moi l'attrait est si puissant !

« Que je te trouve belle, Hermosa! ton sourire,
Expréssion des cieux, doux et triste à la fois,
Ressemble au dernier son qui passe sur la lyre
Quand sa corde a cessé de frémir sous les doigts!
Ou plutôt il imite, en effleurant ta bouche,
Le papillon qui vient s'arrêter sur la fleur,
Qui s'entr'ouvre aussitôt que son aile la touche,
Et ferme, dès qu'il fuit, son calice enchanteur!...

« Oh! laisse-moi baiser tes lèvres virginales,
Des roses du matin redoutables rivales!...
J'ai tant de fois rêvé ce bonheur! — Mais pourquoi
Trembler et dans mon sein cacher ton doux visage?..
D'où vient que tes deux bras se détachent de moi,
Dis; et que les miens seuls embrassent ton corsage?..
Tu soupires?... ô Dieu! je te sens tressaillir!...
Sous mon souffle brûlant je vois ton front pâlir!..
Qui peut donc te troubler ainsi, ma bien-aimée?..
Le cri de l'alcyon t'aurait-il alarmée?...

L'éclair en rayonnant a-t-il blessé tes yeux,
Ou craindrais-tu la foudre et le flot écumeux?...

. . . .

« Mais regarde mon œil : est-il plus vive flamme
Que celle dont il brille? — Écoute dans mon âme
Ce murmure, pareil aux échos expirans,
Lorsqu'ils tremblent du choc des nuages errans!..
Rien n'égale ici-bas le feu qui me dévore!...
Le soleil du désert est moins ardent encore!...
...Sais-tu qu'à tes côtés je me ris du trépas?...
Ce tonnerre, ces vents, je ne les entends pas!...
Je n'existe qu'en toi; que m'importe le reste?...
Ne me prive donc pas de ton regard céleste!
Presse-moi sur ton sein!... partage mon transport!..
Chasse de ton esprit cette image de mort!...
Toi mourir?.. oh! jamais!—L'amour te fit trop belle
Pour subir le destin d'une simple mortelle!
En te voyant, du Dieu je bénis le bienfait,
Et trouve en t'admirant que l'ouvrage est parfait!..

. . . .

« Hermosa ! calme-toi !... sous mes regards avides
Ne baisse pas ainsi tes paupières timides !...
Crois-moi, ne jette pas une goutte de fiel
Dans la coupe des dieux. — Parle, fille du ciel !
Laisse jouer les mots sur ta bouche charmante ;
Ces mots délicieux qu'une fidèle amante
Se plaît à révéler au cœur de son amant !
Répands-les dans le mien, j'ai besoin de connaître,
En ce jour solennel, l'ardeur du sentiment
Qu'en ton âme, Hermosa, ma tendresse a fait naître ! »

. . . .

Et tandis qu'il disait, parmi les flots amers
On entendait mugir les vagues irritées,
Dont les plaintives voix, par les vents emportées,
Allaient se répéter sur les lointaines mers !

C'est ainsi que du sein des ténébreux abîmes
Où l'éternel malheur court d'écueil en écueil

S'exhalent les sanglots de ces pâles victimes
Qui n'ont jamais connu le calme du cercueil;
Et que sur le sommet de ces antres rebelles
Plane l'ange du mal en étendant ses ailes!...

Protége, Jéhovah, l'esquif qui va périr!...

« Ismaël!... Ismaël!... criait la jeune esclave,
Mes yeux d'un voile épais viennent de se couvrir!..
Oh! c'est la mort!... —Non! non! près de toi je la brave!..
—Elle vient!... elle est là!...—Ne la redoute pas!...
Demain nous saluerons l'étoile de l'aurore;
Tu reverras le ciel, et mon regard encore
Pourra se reposer sur tes traits délicats!
— Ismaël!... Ismaël!... entends-tu?.. — Mon amie,
Ce n'est rien;.. le vent fuit;.. la vague est endormie...
Un seul instant encore,... et nous serons heureux!...»

— « Ismaël! soutiens-moi!.. —Viens, moitié de moi-même!
Je veux te protéger jusqu'à l'heure suprême

Où l'hymen au front pur sur l'autel amoureux
Recevra nos sermens!.. »—Et leurs mains enlacées
Rapprochaient leurs deux cœurs, tout palpitans d'espoir !

Mais quand le lendemain les vagues apaisées
Permirent au pêcheur de revenir s'asseoir
Sur le sable brûlant de la rive ternie
Par l'écume des flots, la mer était unie ;
Rien ne s'y reflétait que l'astre radieux,
Et les échos lointains restaient silencieux !

RÊVERIE.

Rêverie.

La coquette aime sa parure,
La jeune fille sa pudeur;
Le poëte aime la nature,
Un amant sa fragile erreur;
Le laboureur son champ fertile,
Le berger son chien, ses pipeaux;

Le citadin sa bonne ville,
La pastourelle ses agneaux ;
L'ami la moitié de lui-même,
Le malheureux ses souvenirs,
Le jeune homme un amour extrême,
L'égoïste ses froids plaisirs ;
Le voluptueux son délire,
Le sage la sobriété,
L'homme délicat son martyre,
L'inconstant la variété ;
Le jaloux sa sombre manie,
L'adulateur un compliment,
L'écrivain le feu du génie,
Le romantique un sentiment.

Et moi, dont l'âme est étrangère
A cet art qui séduit les cœurs,
J'aime la modeste chaumière
Qui me cache aux traits des censeurs.

Tranquille sous son toit rustique,
Vers le ciel portant mes regards,
Je chante sur ma lyre antique
L'amour, l'amitié, les beaux-arts,
Un chagrin, une jouissance,
L'aurore, le déclin du jour,
Les craintes avant l'espérance,
Les adieux après le retour!

Mon œil sur de lointains rivages
Aime souvent à s'égarer;
Bravant la fureur des orages,
Il se plaît à les mesurer.
Ma muse alors, toujours fidèle,
M'offre en ce moment enchanteur
Non loin du bord une nacelle
Qui doit me conduire au bonheur!...
Aussitôt je m'y précipite;
Elle fuit sous l'aile des vents;

Au bruit du flot mon sein palpite,
Il suit ses moindres mouvements.
Oh! combien j'aime la surface
Du lac qui réfléchit les cieux!
La rame seule de sa trace
Trouble son cours harmonieux!
Que j'aime aussi la rêverie
Qui calme mes brûlans transports!
Que j'aime la barque chérie
Qui me porte vers d'autres bords!...

Mais, hélas! tandis que je songe
A former les plus tendres vœux,
Le réveil, de ce doux mensonge,
Vient tout à coup priver mes yeux!..
Plus de beau ciel, plus de rivage;
Tout m'échappe, s'évanouit;
Je cherche vainement l'image
Qui dans l'ombre glisse et me fuit!..

C'en est fait, mon rêve éphémère,
Ainsi que tous ceux des humains,
En s'éloignant de ma paupière
Me rend à mes premiers destins :
Je revois ma cabane obscure,
Et mon luth et mes arbrisseaux ;
Je revois la molle verdure
Qu'arrosent de limpides eaux ;
Je revois le temple sauvage
Où je viens invoquer les dieux ;
Mais je ne vois plus le rivage,...
Et des pleurs coulent de mes yeux ! !...

A

MADAME LA PRINCESSE

CONSTANCE DE SALM-DICK.

L'étoile.

Au pied de la colline
L'ombre revient s'asseoir;
C'est l'heure où tout s'incline
Au grand hymne du soir!
La gémissante feuille
Se tait et se recueille

Pour écouter la voix
Qui dit aux tourterelles
De replier leurs ailes
Et de dormir au bois!

La nocturne phalène
Au vol capricieux
Se joue avec l'haleine
Des vents silencieux.
Ses antennes soyeuses
Se balancent joyeuses
Sous ses deux yeux voilés,
Comme deux pâles ombres
Amantes des nuits sombres
Et des cieux étoilés.

Chaque plante soupire
Ou rêve doucement.

Le souffle qu'elle aspire
La berce mollement.
Chaque fraîche corolle,
Délicieux symbole
D'innocence et d'amour,
Sur sa tige qui plie
Avec mélancolie
Se ferme jusqu'au jour.

Le rossignol s'éveille
Au silence des bois
Près de la fleur qui veille
Pour entendre sa voix.
Il chante.... il chante encore,
Jusqu'à ce que l'aurore
A ses tendres douleurs,
Suaves élégies
Pleines de mélodies,
Vienne mêler ses pleurs!..

Et tandis que voilée
La nature s'endort,
Au fond de la vallée,
Comme un rayon qui dort,
Une faible étincelle
Qu'un brin d'herbe recèle
Sous le buisson obscur,
Incertaine et timide,
Brille dans l'herbe humide
En regardant l'azur!

— Petite luciole,
Sais-tu, sais-tu pourquoi
Le bouton s'étiole
Et meurt auprès de toi?...
Sais-tu pourquoi l'abeille
A la rose vermeille
Vient demander son miel? —
— Je ne sais que deux choses

Dont j'adore les causes :
Mon étoile et le ciel!.. —

— Les choses de la terre
Ont aussi leur grandeur :
Ne peux-tu, moins austère,
Admirer la splendeur
De ces saintes retraites
Que les hommes n'ont faites
Que pour chanter les dieux ;
Et, pleine d'espérance,
Écouter en silence
L'hymne mélodieux? —

— Le lieu que je contemple
En ce moment si doux
N'est pas comme ton temple,
Où l'on prie à genoux :

Nulle fleur ne s'y fane,
Aucun pied de profane
Ne peut dans son orgueil
Fouler sa dalle nue;
Car sa voûte est la nue
Et l'espace son seuil! —

— Le monde a sa mémoire,
Sa grâce, sa beauté,
Ses colonnes de gloire
Et d'immortalité;
Ses séjours de délices,
Ses précieux calices,
Sa pourpre, ses bandeaux,
Parures de ses trônes,
Et ses vertes couronnes,
Qu'il lègue à ses héros! —

— Ah ! l'étoile que j'aime
A plus d'éclat cent fois
Que ton lourd diadème
Et tes palais de rois !
Je crois, quand je l'admire,
Que mon regard se mire
En un lac toujours pur ;
Sa gloire sans mélange
Rayonne comme l'ange
Qui sourit dans l'azur !

Le front dans la poussière,
Je ne jette ici-bas
Qu'une triste lumière
Qui ne m'éclaire pas ;
Mais elle, mon étoile,
Elle dont rien ne voile
Le front majestueux,
Elle brille à toute heure

Dans la haute demeure
Où la suivent mes yeux!

Elle voit le nuage
Qui reflète l'éclair
Et l'aigle qui voyage
Dans les plaines de l'air.
Elle voit de l'aurore
Le rayon qui colore
Les rivages lointains;
Et de ses étincelles
Jetant quelques parcelles,
Protége leurs destins!

Et moi je suis heureuse,
Car son regard me suit;
Dans l'ombre ténébreuse
C'est elle qui me luit! —

— Mais en cherchant ta route,
Sais-tu ce qu'il en coûte,
Pauvre enfant du vallon?
N'entends-tu pas ton heure
Comme une voix qui pleure
Gémir dans l'aquilon?.. —

— Je n'entends que la brise
Du rivage lointain,
Ou le flot qui se brise
En pleurant son destin.
Ici-bas que m'importe
Où l'orage m'emporte,
S'il me jette en chemin
Un peu de cette graine
Qui germe dans la plaine
Sous une active main?

Il faut si peu de chose
Pour faire mon bonheur :
L'herbe où je me repose,
Un rayon, une fleur....
Et quelquefois un rêve
Que loin du bruit j'achève!...
Mon âme en sa fierté
N'est pas ambitieuse!
Oh! oui, je suis heureuse,
Car j'ai la liberté!...

J'ai ma douce rosée,
Mon ciel et mes amours;
J'ai l'herbe où m'a posée
La main qui fit mes jours.
Telle que Dieu m'a faite,
Je veux rester poëte :
Dans le vase immortel

Comme au sein du silence
La lampe se balance
En éclairant l'autel!.. —

ÉLÉVATION

D'UNE AME AFFLIGEE

A L'ÉTERNEL.

Élévation

D'UNE AME AFFLIGÉE A L'ÉTERNEL.

Le souffle du malheur a passé sur ma tête,
Mon corps dans son printemps a perdu sa fraîcheur;
Comme un tendre rameau brisé par la tempête,
Il tombe où fut pour lui la vie et la douleur!

Car ici-bas pour nous la douleur, c'est la vie!
La coupe du plaisir n'a que des bords amers.
Et quand l'âme, à ses nœuds bassement asservie,
Les quitte, elle oserait redemander ses fers?...

Non, ne soupirons point après l'ombre qui passe;
Vers des biens plus réels sachons porter nos vœux :
Qu'importe le bonheur goûté dans cet espace!
Mortel, lève ton front pour le chercher aux cieux!

Pour admirer l'accord de ces astres sans nombre
Qu'un invisible bras fait mouvoir à son gré
Quand la nuit a couvert la terre de son ombre
Et que la lune alors s'approche par degré !

Pour écouter ces vents qui forment les nuages
Et voir ces longs éclairs lancés par l'Éternel :

De la voûte ébranlée imposantes images
Que la foudre embellit de son bruit solennel !

Pour contempler ces feux, ces torrens de lumière
Que l'aurore dispense aux bords de l'orient
Quand le soleil pour toi commence sa carrière
Et couvre d'un regard le vaste firmament !

Ces trésors infinis, toi seul peux les connaître,
Homme ! ose donc monter jusqu'aux sacrés parvis
Qu'habite en son amour un père plus qu'un maître,
A l'empire duquel les cieux sont asservis !

Ose fixer ces lieux de gloire et d'innocence,
Ces lieux que nul n'a vus, promis à la vertu !
Ces lieux que l'ange adore, où règne la clémence
Pour ranimer l'espoir en ton cœur abattu !...

Ose planer dans l'air pour y peser le vide
De ces biens passagers qui peuplent l'univers :
Voluptés que chérit la jouissance avide,
Et qui vont se brisant comme les flots des mers !

Lorsqu'au sein de ton Dieu doucement tu reposes,
Quand devant lui ton front abaisse son orgueil,
Sujet sans dévouement, murmure si tu l'oses ;
Mais redoute pour toi le secret du cercueil ! !

ÉPITHALAME.

Deus Abraham, Deus Isaac et Deus Jacob vobiscum sit, et ipse conjungat vos, impleatque benedictionem suam in vobis.

PSAUME.

Epithalame.

✠

Vers le temple chrétien marchait la fiancée;
Le prêtre l'attendait, courbé devant l'autel;
La foule avec amour à ses côtés pressée
L'amenait simple et pure aux pieds de l'Éternel.
Les lévites, parés de leur robe sans tache,
Berçaient, le front baissé, les riches encensoirs;

Dédaigneux de ces biens auxquels l'homme s'attache,
Au monde ils préféraient leurs austères devoirs.
De mille feux divers la nef étincelante
Ouvrait son large sein aux flots des curieux,
Et l'orgue promenait sa voix retentissante
Sous la voûte, où montait,.. montait l'encens pieux.

Calme, majestueuse, une reine, une mère,
D'un pesant diadème oubliant le fardeau,
Sur sa nouvelle fille abaissait sa paupière,
Tandis que de l'hymen s'allumait le flambeau,
Et qu'un céleste enfant à l'œil plein de tendresse,
Épris de sa beauté, la suivait pas à pas,
Portant avec amour la coupe d'allégresse,
En disant aux soucis : Oh ! ne l'approchez pas!..

Au-devant d'elle alors le jeune époux s'avance;
Il sourit ; son regard doux, et fier à la fois,

Tel que celui des dieux, contient cette puissance
Qui fait chez les mortels les héros et les rois.
Leurs chastes mains bientôt se sont entrelacées,
Leurs genoux ont fléchi sur le marbre divin,
Puis le prêtre a reçu ces promesses sacrées
Que deux fidèles cœurs n'échangent pas en vain...

. . . .

. . . .

En ce moment tout est silence,
Respect, amour, recueillement!...
Du cœur qui s'ouvre à l'espérance
On entendrait le battement!...
On entendrait dans le feuillage
L'oiseau des bois au doux ramage
Dormir sous l'œil de l'Éternel,
A l'heure où d'Orléans enchaîne
A son nom le beau nom d'Hélène,
Et qu'un ange sourit au ciel!...

La mouche s'en va moins agile
Effleurer de ses ailes d'or
La tête du roseau mobile
Qui la protége en son essor.
Le pèlerin qui sur sa route
Boit son calice goutte à goutte,
S'arrête et prie avec ferveur;
La rose s'ouvre plus vermeille,
Et le petit enfant s'éveille
Pour prier aussi le seigneur.

« Toi qui rouvres, dit-il, les portes de l'aurore,
Et jettes la graine aux oiseaux;
Toi qui fais croître l'herbe où la fleur se colore
Des reflets les plus beaux;

« Toi que chaque matin j'invoque avec tendresse
Parceque j'aime ta bonté,

Mon Dieu, bénis les vœux que ma bouche t'adresse
Pour leur félicité!

« Qu'ils soient heureux, mon Dieu, sur la terre où tout passe,
Comme l'alouette des champs,
L'arbre majestueux que le lierre embrasse,
La fleur qui renaît au printemps!
Comme les nouveau-nés qui dorment
Sans que les visions déforment
Leurs plaisirs mollement bercés;
Comme les rameaux qui se plaisent,
Qui se recherchent, qui se baisent
Et qui croissent entrelacés!.. » —

— Puis l'hymne répondait, en criant à la terre :

« Fille d'Israel, viens à moi!
Viens, prends ta robe qui m'est chère ;

Je suis l'époux, réjouis-toi!
Je suis la céleste rosée
Qui ne s'est jamais épuisée
Sous l'âpre souffle des autans;
Je suis le rayon qui caresse
La fleur que le zéphyr délaisse
Aux derniers jours de son printemps!

« Je suis les vents, je suis la foudre,
L'œil qui flamboie au firmament!
Je suis l'éclair qui met en poudre
Le cèdre et le pur diamant!
Je suis la brise, la tempête!
Je suis l'aigle habitant le faîte
Du roc inaccessible aux yeux;
Je suis l'ombre silencieuse,
Je suis la flèche audacieuse
Qui se perd dans l'azur des cieux!

« Je suis la branche parfumée
Qui se tresse avec le laurier.
Je suis pour toi, ma bien-aimée,
Le myrte et le blanc amandier!
Je suis la voix pure et divine
Devant qui la lyre s'incline
Et qu'aspire la vigne en fleur;
Je suis la source qui soupire,
Je suis l'espace où l'on respire
L'amour, l'espoir et le bonheur!.. »

— Et de l'hymne à la sainte ivresse
Les chants circulent tour à tour.
La France, admirant la princesse,
L'accueille avec des cris d'amour.
Telle on voit la brise, orgueilleuse
De charmer la fleur précieuse

Qui parfumait les bords lointains,
Lui rendre une voix maternelle
Et l'environner de son aile
Pour veiller seule à ses destins.

LE PEUPLE.

« Aimons-les, aimons-les! — Prions celui qui veille
Et tient sa main ouverte alors que tout sommeille,
De protéger leurs jours!
Entourons de nos bras leurs royales demeures,
Et qu'au seuil en passant les éternelles heures
Nous retrouvent toujours!.. »

Voici les coursiers intrépides
Attelés au char triomphal!
Plus souples que les vents rapides,
A leur ardeur rien n'est égal!

Leurs pieds à peine touchent l'herbe
Quand ils lèvent leur front superbe
Au bruit de belliqueux accords,
Et que les fidèles esclaves,
En versant des parfums suaves,
Aux brises rendent leurs trésors!

— Et voilà qu'au son des trompettes
Viennent les bardes voyageurs,
Les gais ménestrels, les poëtes,
Les vierges, le front ceint de fleurs!
Ils tiennent des coupes remplies;
Des roses fraîchement cueillies
Et du laurier les verts rameaux;
Tandis que leurs cordes d'avance
Vibrent d'amour, à l'espérance
De célébrer deux noms si beaux. —

LES POËTES.

« Nos harpes étaient détendues ;
Car nos pensers étaient amers !
Nos extases étaient perdues
Comme les flots au fond des mers !
Frères, rallions nos phalanges !
Des félicités sans mélanges
Versons la coupe au nom des Dieux !
Chantons ! — Celle qui nous inspire
Nous accordera le sourire
Qui devra nous rouvrir les cieux ! »

Oui, consolez-vous, ô poëtes !
Enfans des inspirations ;
Au milieu du bruit et des fêtes
Accomplissez vos missions !
Qu'au sein d'une ivresse nouvelle
Votre lyre toujours fidèle

Exhale des accords puissans !
Et les jours futurs, sans attendre,
Se lèveront pour vous entendre
Et pour applaudir à vos chants !

Le poëte avec sa couronne,
Ses chants et son beau rêve d'or,
Est une des gloires du trône,
Qui sur lui se reflète encor
Lorsque cédant au sort vulgaire
Il lègue sa noble poussière
Aux rois des siècles à venir,
Et que les pages de l'histoire
En ont conservé la mémoire
Pour les fastes de l'avenir !

LE PASSEREAU.

Le Passereau.

Un passereau croissait sous l'aile de sa mère.
Imprévoyant de l'avenir,
Il ne se doutait pas que l'heure fût amère
Et que le printems dût finir.
Heureux de ce bonheur virginal qui s'ignore
Parce qu'il ressemble au sommeil,

Quand l'aube évoquait son réveil
Il regardait aux cieux l'étoile de l'aurore,
Les collines au front vermeil,
Puis la rosée aimant à répandre ses larmes
Sur les petites fleurs des prés,
Et les papillons diaprés,
Dont le mobile essor lui peignait tant de charmes!

Tous les matins avec orgueil
Il étendait son aile impuissante et fragile;
Et chaque jour plus indocile,
Comme le matelot qui veut braver l'écueil,
Il cherchait à quitter sa mère et son asile!
Pauvre mère! de ces ébats,
Qui remplissaient son cœur d'une pénible crainte,
Elle n'osait se plaindre, hélas!
Car son ravissement eût démenti sa plainte!...
Fière et craintive tour à tour,
Ses yeux charmés suivaient l'essor de sa jeune aile;

Et lorsqu'il revenait tout tremblant auprès d'elle,
Des soins et des baisers accueillaient son retour!

— Mais insensiblement il prit goût aux voyages.
L'enfant dès qu'il grandit méprise son berceau.
Ainsi fit le petit oiseau!
De branche en branche il quitta ses ombrages
Pour se balancer dans l'azur
Et parcourir d'un vol plus sûr
Ces espaces nouveaux que son regard dévore,
Trônes de l'aigle audacieux,
Qui lui promettaient d'autres cieux
Et d'autres horizons bien plus vastes encore!..!..

— Mais voici qu'un soir, — triste soir! —
Tandis que fatigué de ses courses lointaines
Il revolait vers l'arbre où l'ombre vient s'asseoir,
Ainsi qu'une âme en proie à de secrètes peines

Accourt en déposer le fardeau douloureux
Dans le sein dévoué qui garde son mystère,
Il ne retrouva plus que des débris affreux.
Plus de nid paternel!.. plus d'amour!.. plus de mère!
L'ouragan avait tout brisé dans sa fureur!..
Il pensa, le pauvret, en mourir de douleur,
Lui qui n'avait encor aucune expérience
De ce qu'on nomme le malheur!
Sur le tronc mutilé qui berça son enfance
Il passa la nuit à gémir.
Contre l'adversité lorsqu'on veut s'affermir,
Il faut combattre en soi plus d'une âpre torture!
Le faible oiseau, souffrant pour la première fois,
Ne le pouvait encor! — Le lendemain aux bois
Il oublia de chercher sa pâture;
Plus d'un jour même s'écoula
Avant qu'il pût compter les heures du veuvage
Et faire ses adieux à l'arbre sans feuillage
Sur lequel tant de fois sa mère l'appela!..

. . . .

Et quand il se remit à parcourir l'espace
Pour demander au vent, au nuage qui passe,
D'emporter son chagrin,
Et chercher un ami qui comprît ses misères,
Il ne put rencontrer que de ces cœurs vulgaires
Qui vous délaissent en chemin!
Ramiers et passereaux le repoussaient de l'aile
Dès qu'il parlait de sa douleur,
Dont l'atteinte était plus cruelle
Que les piéges de l'oiseleur!...

— Alors, emportant sa blessure
Loin de ceux qui l'avaient tant abreuvé de fiel,
Il voulut devenir l'amant de la nature.
Il aima le soleil, les fleurs, l'azur du ciel,
L'insecte aux ailes d'or, la brise palpitante,
La feuille qui tombait sur la rive odorante,
La plante vierge qui croissait
Dans l'herbe qui la caressait!..

Oh! que de choses merveilleuses
Cette union lui révéla!...
Combien de voix harmonieuses
En sa jeune âme elle éveilla!..

. . . .

. . . .

Ah! s'il osait sous la feuillée
Doucement essayer sa voix,
Et s'apprendre à chanter l'heure de la veillée
Comme le rossignol des bois!..
De ces divins oiseaux cachés dans le nuage,
Qui ne chantent que pour les cieux,
S'il pouvait imiter le vol audacieux
Et voir sur son plumage
Les plus riches couleurs parfois se refléter!..

. . . .

Mais l'austère destin passait sans l'écouter!..

Et semblable au bouton privé dès son aurore
De la sève qui le nourrit
Et du rayon qui le colore,
Il s'étiole et dépérit!!....

. . . .

ODE

DÉDIÉE

A L'ACADÉMIE DES SCIENCES DE SIENNE.

Toute espèce de lien nuit au génie de l'homme!

Ode.

— Éternel monument d'une vaste pensée
Fait pour orner la terre et réjouir les cieux,
Vase où comme un parfum l'âme fut déposée
Par l'invisible main des dieux,
L'homme ici-bas, au front superbe,
Projette son ombre sur l'herbe,

Où rampe l'obscur vermisseau,
Quand ses pieds foulent la poussière
Qui couvre le sombre mystère
De l'existence et du tombeau! —

—

«—Non, dit-il, éloignons cette importune image
« Qui froisse en souriánt et torture le cœur!...
« Fuyons la foule heureuse au perfide langage,
« Je ne veux plus de son bonheur! —
« Que dans mon sein l'oubli dévore
« Un souvenir tiède encore;
« Et qu'objet de mes froids dédains
« La volupté, que je rejette,
« Retrouve mon âme muette
« Et sa coupe vide en mes mains! ... —

« — Le monde?... laissons-lui sa fragile espérance,

« Ses profanes autels et ses trônes d'un jour!
« Rejetons au malheur sa funeste puissance!
« Rendons ses larmes à l'amour!
« Effaçons tout de ma mémoire :
« Le passé, le présent, la gloire,
« Idole des ambitieux!
« Secouons ces chaînes cruelles
« Qui tiennent captives mes ailes
« Et m'empêchent de voir les cieux!!.—

«—Je veux poser mes pieds sur ces profonds abîmes
« Où pas un bruit d'écho ne s'est encor perdu,
« Et porter mes regards au delà de ces cimes
« Où l'aire aux cieux semble appendu!
« — C'est là qu'au souffle des tempêtes,
« Qui m'inviteront à leurs fêtes,
« Ma voix unira ses accens;
« Et que de ma harpe éperdue
« La corde longtems détendue

« A l'éternel dira mes chants!..—

« — Que je compte mes jours ou que je les oublie;
« Que je chante les dieux, la terre, les enfers;
« Que sur ce long chemin qu'on appelle la vie
« Je brise ou chérisse mes fers;
« Que dans les bras de la mollesse
« J'éprouve une suave ivresse
« Ou que je reprenne l'essor,
« Qu'importe? — L'oiseau qui voyage
« Vole de rivage en rivage
« Avant d'avoir touché le port!—

«— Et comme lui je veux me bercer dans l'espace,
« Affranchi des liens qui fatiguent les jours!
« Je veux le traverser sans y laisser ma trace!
« Quand un fleuve est libre en son cours
« Il promène en ses flancs humides

« Ses flots purs, ses vagues timides
« Et son calme plein de fierté.
« — Ainsi les fils de l'harmonie
« S'embrasent des feux du génie
« Sur le sein de la liberté !!..»—

L'OUBLI.

Moi, j'aurai bu cent fois l'amère calomnie
Sans que ma lèvre même en garde un souvenir ;
Car je sais que le temps est fidèle au génie,
Et mon cœur croit à l'avenir !

Alphonse de Lamartine.

L'oubli.

❦

— Non! je n'ai pas repris mon vol vers ces abîmes
Où l'ange du malheur ose braver les cieux!
Mes pieds n'ont pas quitté ces imposantes cimes
Que protége la main bienfaisante des dieux!
Je n'ai pas secoué sur la terre infidèle
Les feux de ce flambeau qu'allume le mépris,

Ni touché seulement de l'ombre de mon aile
Les noirs palais de Némésis! —

— La vengeance! as-tu vu sur son autel infâme
Sa coupe de poisons qu'entoure un vil serpent?
As-tu vu se glisser au travers de son âme
Quelques-uns de ces maux qu'elle enfante et répand?
As-tu vu ce poignard qu'une main insensée
Présente tout sanglant aux sombres passions,
Et ces spectres hideux qui frappent la pensée
De sourdes imprécations? —

— Oh! malheur à celui qui devant cette image
Ne voile pas son front en fuyant tristement!
A qui, l'âme glacée et vide de langage,
Ne sait pas révéler un noble sentiment!
Il brisera le sein où son œil savait lire;
Il désavouera tout, sans honte, sans remords;

Et sûr de sa victime, avant qu'elle n'expire
Il voudra marcher sur son corps! —

— Honneur à toi, mon Dieu, seul être qui féconde,
Pour m'avoir accordé cette douce pitié
Qui flatte un malheureux abandonné du monde
Et me fait de ses maux prendre au moins la moitié!
Non! non! je n'ai jamais repoussé sa prière;
Le cri du suppliant m'a toujours ébranlé;
En lui donnant mes pleurs, j'ai compris sa misère;
En l'aimant je l'ai consolé! —

—Aimer, prier, souffrir, telle est mon existence!
Des sentimens desquels le seigneur m'a fait don
Je bénis chaque jour la divine influence;
Car il n'est pas de pleurs qui n'aient eu mon pardon!
— Éternel, tu le sais, toi qui vis ma blessure
Et reçus les aveux de mon cœur plein de foi,

Si ma bouche en nommant l'auteur de mon injure
L'accusa même devant toi! —

— Comme un soldat jaloux de l'éclat de ses armes
S'élance, impétueux, au-devant du vainqueur,
Je n'ai pas succombé sous le poids de mes larmes!
Le regret dévorant n'a pas flétri mon cœur!
Je n'ai pas su jeter un regard à la vie
Lorsqu'elle m'apportait son calice de fiel;
Mais j'ai redit ces chants que mon âme ravie
Écoutait jadis dans le ciel! —

— Ces chants qui purifient une ardente pensée,
Qui d'un autre bonheur pressentent l'avenir,
Qui raniment les traits d'une image effacée
Et d'une âme ici-bas gardent le souvenir,
Oui, je les ai redits! — Comme en mes jours de fête,
Mon front a rayonné de plaisir et d'orgueil;

Sous le ciseau fatal j'ai relevé ma tête
Pour chanter mon heure de deuil! —

— Pour chercher ce parfum qui croît aux solitudes,
Qu'exhalent le silence et le recueillement,
Et reposer mes pieds des fatigues trop rudes
D'un pénible chemin commencé seulement
Pour recueillir l'adieu de la feuille qui tombe,
Essayer sur ma harpe un triste et doux accord,
Puis redire au destin, au génie, à la tombe,
A toi, — ce que c'est que la mort! —

— Ne l'ai-je pas trouvée au fond de ce sourire
Qui passa sur ta lèvre à l'aspect de mes pleurs,
Dans ce charme détruit par un fatal délire
Et l'apparent dédain qui cacha mes douleurs?
J'ai senti s'appuyer sur moi son bras terrible
A l'instant qui rompit nos liens ici-bas,

Où rien ne palpita dans ton âme insensible
Que l'oubli, qui fait les ingrats! —

— Emportant loin de toi ma tristesse mortelle,
De tous mes souvenirs j'ai voulu m'entourer :
J'ai relu ces écrits dont ta haine cruelle,
Sans égard pour mes maux, voulait me séparer!
Mes larmes ont mouillé le nom qu'à chaque page
Tu répétais alors en m'assurant ta foi;
Et, te nommant aussi, j'ai baisé ton image,
Quand ton cœur était mort pour moi!...—

— J'ai parcouru ces lieux où nos âmes heureuses
Respiraient en aimant quelque chose du ciel.
J'ai brisé cette coupe où tes mains généreuses
Déposaient pour ma bouche une goutte de miel!
De même qu'un tombeau que chaque passant foule
Sans comprendre les mots qu'y grava la douleur,

J'ai gardé le silence au milieu de la foule,
Qui n'a pu ranimer mon cœur!... —

—... Et me voici, le sein palpitant, la main pleine
De ces fleurs qu'autrefois j'effeuillais sous tes pas!..
Le cœur fort du lien qui malgré toi m'enchaîne,
Et pur de cet oubli que je ne comprends pas!...
Oui, me voici!..—Mais comme une flamme éphémère
Qui se consume seule à l'autel du saint lieu!...
Quand je ne serai plus, Malvina, ma prière
T'attendra dans le ciel. — Adieu!..

IDYLLE.

N'étaient-ce alors que les feuilles des bois
Qu'agitaient mollement les ailes du Zéphire?..

Ce soir encor, souvenir enchanteur!
En passant près du seuil de son humble chaumière
J'ai vu son pâle front se couvrir de rougeur,
Et je crois que des pleurs ont mouillé sa paupière...

...Je me suis arrêté, rempli d'un doux émoi:
« Serait-ce le plaisir qui ferait qu'à ma vue
« Elle paraît toujours émue?...
« Aimable fille, dis-le moi!... »

A ces mots, elle fuit en cachant son visage;
Mais j'ai vu des soupirs s'échapper de son sein;
Et je fuis à mon tour, emportant son image
Et le trait dont l'Amour ne blesse pas en vain!...

« Oh! viens à mes côtés partager mon ivresse:
« Je voudrais t'enlacer de mes bras caressans,
« Lire dans tes regards l'aveu de ta tendresse
« Et te communiquer le trouble que je sens!...

« Viens poser sur mon sein ta tête appesantie
« Par le tourment secret dont tu n'oses gémir;
« Au feu de mes baisers viens ranimer ta vie:
« La fleur pour exister a besoin du zéphyr!...»

A MON PÈRE,

APRÈS MON ADMISSION

A L'ATHÉNÉE DES ARTS, SCIENCES ET BELLES-LETTRES DE PARIS.

A mon père.

Et mon âme souffrait! De ma triste paupière
Tombaient des pleurs silencieux!...
Je pensais à cette heure amère
Témoin de nos tendres adieux!
Je revoyais l'asile où mon heureuse enfance
Libre dans ses jeunes désirs,

Ne connaissait de l'existence
Que les simples et doux plaisirs!
Je m'égarais encor sous ces vertes feuillées
Que rafraîchissait un air pur;
Je retrouvais leur ciel d'azur.
Je rêvais à ces fleurs que j'avais effeuillées
Sans pressentir qu'un jour celles de mon printemps
Pouvaient tomber de même, hélas! avant le temps!..
Heureux effet de la jeunesse!
On joue avec la mort, on pleure sans tristesse,
On passe en souriant à travers le malheur;
Aucune affection ne tient l'âme asservie.
Oh! qu'ils sont loin ces jours où j'ignorais la vie!
Comme l'expérience use et flétrit le cœur!!...

. . . .

. . . .

. . . .

...Qui me rendra le sol où repose ma mère,
Mes jeux et mon premier espoir;
Le paisible toit de mon père,

L'ombrage sous lequel j'allais souvent m'asseoir?...

. . . .

. . . .

Et par ces souvenirs mon âme était bercée!...
Et le passé me cachait l'avenir.
Que ne peut sur notre pensée
La puissance du souvenir!...

Près du foyer que la flamme colore,
A tes côtés je me voyais encore!
Ton noble front, que l'âge a respecté,
De ton âme peignait la touchante bonté.
Ta main, que tant de fois sut guider le génie,
Dans mon heureuse main se pressait doucement;
Et ta voix, qui des vers a toute l'harmonie,
Me disait avec sentiment :

« O toi dont la naissance

« Fut pour mon cœur un jour si beau;
« Toi qui m'aimas dès le berceau,
« Mon enfant, cher objet de ma longue espérance,
« Écoute!..: Tu le vois, je touche à mon déclin!...
« Peu de jours me restent encore!...
« Demain,... peut-être que l'aurore!...
« Mais ne t'afflige pas de ce malheur prochain!
« Ne fane pas ainsi les roses du bel âge.
« Oublions : le bonheur naît souvent de l'oubli!
« Prends mon luth, sa voix me soulage.
« Entre mes doigts il a vieilli!
« Chante! » Et mon cœur, plein d'un nouveau délire,
Était doucement agité!...
Et ma main avec volupté
Parcourait mollement les cordes de la lyre!!...

. . . .

. . . .

Tel on entend le flot harmonieux
Gémir autour de la nacelle
Que le zéphyr effleure de son aile!

J'essayais à former des sons mélodieux;
Tu souriais à ma noble espérance;
Mes timides efforts faisaient battre ton cœur;
Et, pleins d'orgueil, tes yeux d'avance
Voyaient mon jeune front ceint du laurier vainqueur!...

. . . .

. . . .

. . . .

Mais ce n'est point une chimère:
Devant mes pas on ouvre la barrière!
Dans l'arène je puis voler!...
Espérons!... Les beaux-arts daignent me protéger!
Et dans leur temple osons graver d'avance
Ces mots sacrés: A LA RECONNAISSANCE!

Paris, 23 novembre 1831.

L'ANGE DE LA POÉSIE,

ODE

DÉDIÉE AU ROI.

L'ange de la poésie.

Enfant des cieux, champs de délices
Que Dieu voile à l'œil des mortels,
Je savourais à leurs calices
La volupté des immortels!
Dans ce lieu, source d'harmonie,
Où chaque joie est infinie,

Je puisais de nouveaux transports;
Aux saintes lèvres de l'archange
J'attachais ma pure louange
Et m'enivrais à ses accords!

Pour moi tout n'était qu'allégresse,
Mélodie et ravissement!
Comme la fleur que l'air caresse,
Mon âme aspirait chaque accent!
Ainsi la colombe timide
Ose à peine du vase humide
Effleurer les bords gracieux,
Tandis que son beau col se penche
Sur sa jeune aile toute blanche,
En écoutant l'hymne des cieux!

Lorsque Dieu, par qui tout s'anime,
Me dit, en m'imprimant son sceau:

« Va révéler un art sublime
« A la terre encore au berceau!
« La lyre que je t'ai choisie
« Du charme de la poésie
« Contient le secret précieux.
« Prends-la donc, enfant de mon aile,
« Et pars, à ma voix paternelle,
« Pour aller t'inspirer des cieux!... »

. . . .

. . . .

. . . .

De même que deux jeunes branches
Qui s'étendent également,
Dans l'espace mes ailes blanches
Se déplièrent mollement;
Puis, entr'ouvrant le sacré vase
Renfermant la divine extase
Ravie à l'ange du Seigneur,
Je sentis naître ce délire

Qui de la corde de la lyre
S'en retourne vibrer au cœur!

Orphée, Amphion et Tyrtée
N'ont fait qu'obéir à ma voix!
A la prêtresse Panothée [1]
Je suis venu dicter mes lois!
La Grèce, fière de sa gloire
Si chère aux filles de mémoire,
Me doit ses lauriers immortels;
Car de ses dieux sans prévoyance,
Qu'encensait l'aveugle licence,
J'ai purifié les autels!

[1] Panothée, célèbre prêtresse d'Apollon, qui vivait du temps d'Arbas ou d'Acrise. On lui attribue l'invention des vers héroïques.

Dictionnaire de la Fable.

J'honorai ceux qui dans ma flamme
Virent la grâce et la beauté;
Ceux qui des voluptés de l'âme
Firent leur seule volupté :
Homère, Anacréon, Corinne,
Sappho, dont la corde divine
Se tendit aux temples d'Eros;
Zeuxis, Phidias, Praxitèle,
Qu'illustre en un rare modèle
Le marbre vivant de Paros!

Ce fut à ma voix frémissante
Que le roi David s'inspira,
Et que sous ma main caressante
Sa harpe sainte soupira!
J'animai le sein du prophète
Prédisant sa dernière fête
A l'ingrate Jérusalem;
J'entendis crouler ses collines,

Et j'invoquai sur ses ruines
L'humble étable de Béthléem!

Et quand fut terminé ce drame
Qui du jour pâlit le flambleau,
J'allai verser plus d'une larme
Sur la pierre du saint tombeau!...
Et puis, une main étendue
Vers l'orient, l'âme éperdue,
Mon luth renversé sur mon col,
Voilant mes yeux pleins de tristesse,
En jetant un cri de détresse
Je repris lentement mon vol!...

. . . .

. . . .

. . . .

... Mais bientôt je sentis l'espace
S'agrandir sous mes ailes d'or.
Je vis des monts que l'œil dépasse,

Où l'aigle se pose et s'endort.
J'entendis des voix inconnues
Qui répondaient aux voix des nues
En irritant les flancs des mers;
Et je vis la sombre tempête,
De l'océan splendide fête,
Se jouer sur les flots amers!

Puis, avec l'oiseau qui voyage
Sans pressentir son court destin,
Je me berçai dans le nuage
Transparent et pur du matin,
A l'heure où la dernière étoile
Sur son front blanc jetait un voile,
Et que, cédant à mes désirs,
La brise timide et craintive
Avec les parfums de la rive
M'apportait ses premiers soupirs!

A côté du cygne sauvage,
Dans les grands lacs purs des déserts,
J'ai vu scintiller mon image
En passant sous leurs arbres verts,
Dont les bras enlacés se tordent
Comme des serpens qui se mordent
En recourbant leurs longs anneaux :
Pavillons de riche verdure
Connus de la seule nature
Et des papillons bleus, si beaux !

. . . .

. . . .

Oh! que de choses précieuses
Ont ravi mes yeux ici-bas!
Combien de fleurs délicieuses
Ont voulu naître sous mes pas!
Combien de routes parfumées,
D'heures saintement consumées,
M'ont voilé d'arides chemins!
Que de festons et de guirlandes,

De la terre fraîches offrandes,
Se sont confondus en mes mains!..

Que de cordes se sont tendues
Pour se mêler à mes accens,
Et que de voix se sont perdues
Sous mon ciel où montait l'encens!
Que de soleils et que d'étoiles,
De fronts purs comme les saints voiles,
Se sont inclinés sur mon seuil;
Et que de regards pleins d'ivresse,
En partageant mon allégresse,
Se sont refletés dans mon œil!

Filles aux lèvres virginales,
Réceptacles des mots sacrés;
Ames aux clartés matinales,
A mon culte enfans consacrés;

Foyers de sublimes pensées
Aux miennes toutes enlacées
Dans l'anneau d'amour fraternel,
Avec les belles valkiries
D'Ossian, amantes chéries,
Vous m'avez versé l'Hydromel!

Et j'ai dit : « Je bénis tes heures,
« Ame attachée à mon destin!
« Que tu chantes ou que tu pleures,
« Qu'il fasse sombre à ton matin,
« Je charmerai tes longues veilles;
« Et si par fois tu te réveilles
« En appelant encore à toi
« La douce image de ton rêve,
« Je tâcherai qu'il ne s'achève
« Que dans le ciel, auprès de moi!

« Enfant, je protége ta couche
« Et berce tes songes d'azur!
« Je fais descendre sur ta bouche
« Le sourire candide et pur!
« Et lorsque ta première extase,
« Restée intacte au fond du vase,
« Revole au sein de son auteur,
« J'entonne l'hymne de ta gloire
« Au seuil du temple de mémoire,
« Son immortel conservateur!..

« Car ce qui te donne la vie,
« O poëte! c'est le rayon
« Qui brille à ton âme ravie
« Comme l'auréole à mon front!
« C'est ce parfum plein d'innocence,
« De l'éternel divine essence,
« Que j'ai voulu te confier
« En te disant : — De mon mystère

« Tu n'es que le dépositaire ;
« Garde-toi donc de l'oublier!

« Comme il faut que les mains soient pures
« Pour orner le temple et l'autel,
« Évite des coupes impures
« Le contact perfide et mortel ;
« Car si des roses que tu cueilles
« Une seule parmi ses feuilles
« S'inclinait triste et sans odeur,
« C'est parce que du vent qui fane
« Les fleurs de son aile profane
« Elle aurait partagé l'ardeur!

« Plains donc l'erreur de l'insensée ;
« Mais près d'elle ne reste pas!
« Va, cours où vole ta pensée;
« Que mon flambeau guide tes pas!

« Et qu'en marchant à sa lumière,
« Plein de respect pour la poussière
« De ceux qui vécurent sans fiel,
« Ton jeune front soit une étoile
« Chaste et pure que rien ne voile
« A l'horizon de son beau ciel!

« Et tandis que ma main t'apprête
« La couronne qui doit un jour
« Avec orgueil ceindre ta tête,
« Chante sous mon regard d'amour!
« Chante pour savoir ma puissance,
« Pour connaître la jouissance
« Attachée à mon art vainqueur,
« Et pour enseigner ce langage
« Auquel la terre rend hommage
« Parce qu'il est l'écho du cœur! »

. . . .

. . . .

Je suis, je suis la voix qui passe
Et vibre puissante dans l'air
Comme la flèche qui dépasse
Le nuage où brille l'éclair!
Je suis la flamboyante épée
Dans la flamme sainte trempée,
Brandissant sur le front d'airain
Du despote affamé d'esclaves,
Et qui, gravant les noms des braves,
A l'univers sert de burin!

C'est à mes voix que s'accomplissent
Les nobles destins des guerriers,
Et sous mes mains que reverdissent
Et les myrtes et les lauriers!
C'est aux feux de mon auréole,
De gloire immuable symbole,
Que se reflète ce bandeau
Qu'on appelle le diadème,

Et dont la majesté suprême
Connaît seule tout le fardeau.

Aux fils dignes de ma tendresse,
Couronnés de leurs frais matins
Et qu'ici-bas mon œil caresse,
Je promets de rians destins;
De même que la jeune mère,
En leur voilant la coupe amère,
Promet aux fruits de son amour
Ses baisers, purs comme sa flamme,
Et les doux parfums de son âme,
En leur souriant tour à tour!

C'est moi, c'est moi, c'est mon génie
Qui produit leurs enchantemens!
De mes discours c'est l'harmonie
Qui cause leurs ravissemens!

Ce sont mes rêves pleins d'extases
Qui dans leurs seins, précieux vases,
Éveillent l'exaltation,
Et mes brûlantes étincelles
Qui les emportent sur les ailes
De l'ardente inspiration!

Ils rayonnent dans la poussière
Traînés par de fougueux coursiers,
Ces chars que guide ma lumière
Loin des infertiles sentiers!
Ils viennent, ces jeunes poëtes,
De mes luttes nobles athlètes,
L'inspiration dans les yeux,
Le front découvert et la lyre
Prête à répondre au saint délire
Qui les embrase de ses feux!

Vient ensuite la destinée
Avec l'imagination
De suaves fleurs couronnée;
Puis la mâle inspiration
Aux ailes vastes et puissantes.
Des filles aux voix caressantes,
Des enfans au front virginal,
Ceints de guirlandes de verdure,
Forment l'innocente parure
De mon cortége triomphal!

Ils chantent pour dire à la terre :
« Le bonheur? — C'est la vérité!
« C'est l'amour pur, fidèle, austère;
« C'est un cœur plein de charité!
« C'est voir au gré de son envie
« S'écouler doucement sa vie
« Comme un flot parmi des roseaux ;
« C'est être, sans insouciance,

« En paix avec sa conscience
« Et libre comme les oiseaux !

« C'est respirer la fleur nouvelle
« Dans la solitude des bois,
« Et faire comme l'hirondelle,
« Aimer loin des palais des rois
« C'est oublier l'heure qui passe
« En cherchant le grain que Dieu chasse
« Sous l'humble pied du voyageur ;
« Et c'est bénir en toute chose
« Celui dont le regard se pose
« Sur l'homme comme sur la fleur !.. »

. . . .

. . . .

Et tandis qu'ils chantent encore
Aux purs rayons de leur soleil,
Je veux d'une nouvelle aurore
Leur préparer le doux réveil !.....

AU ROI.

— « O roi! me voici face à face
« Avec toi, sans que rien n'efface
« La grandeur de ta majesté ;
« Me voici, comme la prière
« Qui cherche, ardente, la lumière
« Qu'exhale la Divinité!

« Roi, ce n'est pas cette puissance
« Que tu ne dois qu'à l'éternel
« Qu'en cette heure ma lèvre encense ;
« Mais c'est cet amour paternel
« Et cet esprit plein de justice
« Qui sait peser le sacrifice
« Que j'admire le plus en toi ;
« Puis cette bonté qui protége,

« Et qui n'est pas de ton cortége
« Le plus faible attribut, ô roi!

« Jette donc un regard de père
« Sur les objets de mon amour,
« Afin que chacun d'eux espère
« Et te bénisse tour à tour!
« De mes trésors compte le nombre :
« Dans l'arène où plane mon ombre
« Il est plus d'un lion qui dort
« Et plus d'une fleur ignorée
« Qui s'incline, décolorée,
« Sans jouir de son rêve d'or!

« Qu'à ta voix le lion s'éveille
« Fort et puissant pour t'obéir!
« Que par tes soins la fleur qui veille
« Puisse, heureuse, s'épanouir!

« Alors, quand ta main protectrice
« Aura versé dans le calice
« Amer quelques gouttes de miel,
« Prends ma couronne d'immortelles,
« Et pose ton nom sur mes ailes,
« Pour que je l'emporte en mon ciel ! »

Ô MA MÈRE!

O ma mère!

— Un jour devant l'autel on m'amena parée ;
Une foule brillante accompagnait mes pas ;
Un homme prit ma main,... j'étais pâle,... égarée ;...
Il me fit un serment, — je ne l'entendis pas !
J'étais seule au milieu de ce monde éphémère
Qui ne comprenait rien à mes âpres douleurs,

Car dans mon sein brisé j'avais caché mes pleurs...
Vous seule connaissiez cette angoissse, ô ma mère!..—

—Et depuis, chaque nuit a voilé mes supplices;
Il faut tromper celui qu'on nomme mon époux
Lorsque mon triste cœur pleure ses sacrifices
Et qu'il replace au ciel son rêve le plus doux!...
Il faut marcher joyeuse en portant sa misère,
Sourire quand on sent des larmes dans ses yeux;
Craindre, trembler, rougir, éviter d'être deux.
Voilà tout mon bonheur;—c'est votre œuvre, ô ma mère!..—

— Hier je l'ai revu celui que votre haine
A chargé de mépris et chassé loin de moi;
Mais il n'était pas seul... — Une nouvelle chaîne
A dû le consoler de mon manque de foi!.. —
Celle qu'il admirait lui paraissait si chère!...
Elle aussi l'admirait!—Ils me semblaient heureux...

... J'emportai ces regards et cet amour loin d'eux,
Et j'osai dans mon cœur vous maudire, ô ma mère!—

— Oh! depuis ce moment tout cela me torture!
Comme *elle*, *il* le savait, j'étais belle pourtant!...
Toujours celle qu'on aime est belle, heureuse et pure!
...J'étais *elle* autrefois!... —Mais, hélas! maintenant
Il n'est plus désormais pour moi sur cette terre,
Où j'aurai tant prié sans cesser de souffrir,
Qu'une tombe sans nom qui va bientôt s'ouvrir!...
. .— Vous seule aurez creusé cette tombe, ô ma mère!!!—

. . . .

. . . .

. . . .

LA VEUVE D'OSCAR.

La veuve d'Oscar.

Le calme règne au loin ; la nuit commence à peine
D'obscurcir les clartés de la voûte sereine ;
Du fougueux océan le flot roule sans bruit ;
Vers son antre profond le reptile s'enfuit ;
De l'homme sur ces bords on ne voit nul vestige,
Et la fleur mollement repose sur sa tige !..

. . . .

Qui réveille la vie en ce paisible lieu?...
Qui vient de prononcer ce long et sourd adieu?..
Cet accent douloureux a fait frémir la plage;
Il court se répéter de rivage en rivage.
De l'esquif qui se brise est-ce un dernier effort?..
Du nocher qu'il portait est-ce le cri de mort?..

En ce moment Phœbé paraît sur l'hémisphère:
Qu'elle est belle! et qu'amour doit aimer sa lumière!..

. . . .

...Silence! l'air s'émeut!... de lugubres sanglots
Reviennent se mêler au murmure des flots!...
Du roc dont le sommet touche au champs de Borée
Une femme s'échappe:... elle est seule,... éplorée!..
Ses moindres mouvemens peignent le désespoir.
Pour son cœur déchiré n'est-il donc plus d'espoir?
Un vêtement de deuil enveloppe ses charmes;
De ses yeux presque éteints coulent d'amères larmes;
Ses longs et blonds cheveux voltigent au hasard;

Ses lèvres sans couleur forment le nom d'Oscar!...
Au nom qui d'Ossian rappelle le génie
Les airs semblent frappés d'une douce harmonie;
Zéphire sur son aile est fier de l'emporter,
Et la brise du lac se tait pour l'écouter...

«Il n'est plus!.. Il n'est plus!..» répète l'étrangère;
Et l'ombre de la mort vient couvrir sa paupière!..

Et comment résister à de semblables coups?..
Cieux, ne l'accusez point, il était son époux!...
Elle voudrait en vain sur sa bouche flétrie
Retrouver le baiser d'une bouche chérie,
D'un regard prolongé savourer la douceur
Et contre un autre cœur sentir battre son cœur!..

. . . .

. . . .

«... Il n'est plus!.. Il n'est plus!» — dit l'écho trop fidèle.

L'oiseau de mort répond en agitant son aile!..

Bardes aux douces voix, prenez vos harpes d'or,
Et ces chants qu'il aimait redites-les encor!
Venez de Malvina dissiper la tristesse;
Sachez lui retracer l'objet de sa tendresse;
Bercez, flattez ses sens d'un songe gracieux;
Ouvrez à ses regards vos palais vaporeux!
Que l'attentive main des belles valkiries
Verse à flots l'hydromel dans des coupes fleuries,
Et qu'oubliant alors sa fidèle douleur
Elle repose en paix sur le sein du bonheur!..

. . . .

« Pour toi, lui dit la fleur, je renaîtrai plus belle;
« Je n'aurai pour ta main nulle épine cruelle! »
« — Je serai toujours vert! » dit l'arbre des forêts.
« — Je chanterai toujours! » dit l'oiseau des guerêts.

—«Et moi, reprend la mer, par un sombre murmure
« J'adoucirai les maux de ton âpre blessure.
« Demeure sur ces bords, je pourrai quelquefois
« Mêler un chant d'amour aux accens de ta voix!..»

«...Il n'est plus! Il n'est plus!»—leur répond son amante
En laissant retomber sa tête languissante.
« Il n'est plus, et je meurs!... Lune, éteins ton flambeau
« De tes voiles épais, nuit, couvre mon tombeau!..
«... Oscar!.. je vais enfin te rejoindre sans crime!..
« Oscar!... comme à ce nom mon âme se ranime!...
« Unique et cher objet de mes tristes amours,
« Toi qui me laissas seule au printemps de mes jours,
« Viens, oh! viens recevoir de ma bouche expirante
« Ce baiser... le dernier de ta fidèle amante!..
« Ce regard,.. cette larme... et ce faible soupir.....
« Ce lieu vit notre ardeur,... et je viens y mourir!...

. . . .

ÉLÉGIE

DÉDIÉE

A MADAME CÉLESTE VIEN.

Elégie.

Le front triste et flétri comme le pâle automne,
Je voyais s'effeuiller l'éphémère couronne
De mes premiers beaux jours;
Et de l'heure qui fuit accusant la vitesse,
Je suppliais le temps, qui prenait ma jeunesse,
De suspendre son cours!

Je demandais aux fleurs, que j'avais tant aimées,
Ces corolles d'amour fraîches et parfumées
Qui ravissent les yeux;
Je priais le zéphyr, qui fait naître les roses,
De me les apporter encore à peine écloses,
Pour orner mes cheveux!

Je demandais aux flots la nacelle légère
Qui berça mon printemps comme une jeune mère
Berce son premier né;
Je conjurais les dieux de me rendre ce rêve
Commencé par l'enfant, que le poëte achève
Dans son jour fortuné!

J'appelais cette voix qui m'avait dit: «Courage!»
Je cherchais cette main qui de mon esclavage
Allégea le fardeau;
J'implorais ces accords dont j'aimais le délire,

Et disais à ces yeux où les miens savaient lire
D'être mon seul flambeau !

Mais je parlais en vain ; muettes à mes larmes,
Les heures revenaient sans m'apporter ces charmes
Qui font bénir leurs pas !
L'heureux zéphyr, jaloux de ses jeunes amantes,
Courbait sous ses baisers leurs têtes frémissantes,
Et ne m'écoutait pas !

Ma nef s'était brisée au sein de la tempête
Qui l'avait conviée à sa lugubre fête ;
Et mes jours sans soleil,
Misérables débris de ces perfides songes
Qui des illusions reflètent les mensonges,
Voilaient mon ciel vermeil !

Et l'accent que j'ouïs un jour dans ma détresse,
La main qui saintement protégea ma faiblesse
En me voilant l'écueil,
La corde qui vibra jusqu'au fond de mon âme,
Ces extases du ciel et ces regards de flamme
Qui faisaient mon orgueil,

Tout cela s'est éteint dans l'amère souffrance!
Enfant deshérité, ma dernière espérance
Est retournée aux cieux;
Et mon cœur, dont les joies ici-bas sont perdues,
De même que ma lyre aux cordes détendues,
Reste silencieux!...

A LA MÉMOIRE

DE

MADEMOISELLE ÉLYSA MERCOEUR,

JEUNE FILLE POÈTE,

Née à Nantes en 1809, et morte à Paris le mercredi 7 janvier 1835.

Elysa.

Te voilà donc tombée, ô jeune et noble fille!
Tombée avant le soir, comme sous la faucille
S'incline languissante une suave fleur!...
Naïve, elle attendait une aurore nouvelle,
Car de ses jeunes sœurs elle était la plus belle;
Et pourtant qui dira son rêve de bonheur?

Ce n'est pas cette harpe ici-bas délaissée,
Ni les heures sans voix de son âme lassée!
Ce n'est pas l'avenir, le monde, ce cercueil,
Ce chemin commencé, cette course finie;
Encor moins ce réduit, vide de son génie,
Dont le sceau de la mort vient de marquer le seuil!

Le bonheur? — loin du bruit tu l'as cherché peut-être,
Comme on cherche au printemps la fleur qui vient de naître
A travers la rosée et les feux du soleil;
Mais tu n'as pu trouver sous l'herbe desséchée
Qu'une froide poussière à la tombe arrachée
Par le souffle fatal qui produit le réveil!...

Et maintenant — à nous la pénible existence!
La lampe sans rayon, la douleur, le silence,
L'oubli, le frêle espoir, le jour sans lendemain;
Puisqu'à peine arrivée au bord de la nacelle

Qui devait nous bercer sous sa voile fidèle,
Les rames aussitôt ont glissé de ta main!...

La mort a passé, mais elle ne t'a pas prise!
Un ange plus fort qu'elle, à l'heure où tout se brise,
En te nommant sa sœur est descendu des cieux:
Mystérieusement son aile t'environne;
Sur ton front virginal il pose une couronne
Et reprend avec toi son vol silencieux!

. . . .

. . . .

Vous ne l'entendrez plus sur sa route isolée
Chanter, comme l'oiseau chante dans la vallée,
Ces airs qui ressemblaient aux parfums que le ciel
Verse dans chaque fleur en gardant son mystère!...
Mais ainsi que l'abeille, en mourant, sur la terre
Elle nous a laissés du moins prendre son miel!

Oh ! laissez-nous jeter ces regrets sur sa bière,
C'est le tribut du cœur : au ciel une prière,
Une larme pieuse... et puis un long adieu !...
Passans qui soupirez, si vous l'avez connue,
Ne nous demandez pas ce qu'elle est devenue,
Car pour l'homme la mort est le secret de Dieu !

Oui, dors, toi dont la vie a passé si rapide !
Ta place parmi nous restera toujours vide !
Rien ne la remplira que l'amer souvenir !
Près de l'autel sacré dépouillé de sa flamme
Nous redirons ces chants qui vibraient en ton âme,
Et nos voix apprendront ton nom à l'avenir !...

Paris, 9 janvier 1835.

RÉMINISCENCE.

ÉLÉGIE

DÉDIÉE A M. JULES PAUTET.

Réminiscence.

Quand j'aimais à cueillir la fleur qui croît aux champs,
A secouer sur moi ces gouttes de rosée
Qui brillent au soleil comme des diamans;
Quand j'admirais l'insecte à l'aile diaprée
Lorsqu'il était posé sur une frêle fleur,
C'était là le bonheur!

Voir naître aux prés la paquerette,
Le bassin d'or, la violette;
Dans le saule ami des ruisseaux
Entendre chanter les oiseaux;
Respirer la haie embaumée
Par l'églantine parfumée;
Poursuivre le gai papillon
A travers l'herbe du vallon;
Voir le ciel bleu sous le feuillage,
Aux zéphyrs livrer son visage,
Et sentir son cœur palpiter
Bien qu'on soit seul, c'est exister!

Mais cette volupté des premières années,
De laquelle on jouit presque sans le savoir,
Se décolore, ainsi que nos belles journées
Sous les sombres ailes du soir!
Chaque heure en expirant rejette dans le vide
Un peu de ce bonheur dont notre âme est avide;

Tristes jouets du temps, qui nous suit pas à pas,
Nous sommes ici-bas
Comme l'arbre qui voit sur la route commune
Tomber ses feuilles une à une!...

Au fond, qu'est-ce que le plaisir
De la terre? Un désir
Qui produit une jouissance;
Un libre épanchement de toute l'existence
Sur l'objet qui séduit;
Puis un trait qu'on efface et qui s'évanouit
Ainsi qu'une vapeur légère!...

Du vase bien souvent la liqueur est amère!
La vie a des écueils pour chacun de nos pas;
Souffle et mystère, c'est un rêve
Qui se décolore et s'achève
Dans les angoisses du trépas!

Alors on a vu sa couronne
Se flétrir et se dessécher
Sous le regard qui l'abandonne
Et la main qui sut l'attacher!
On a vu sa coupe remplie
Se répandre jusqu'à la lie
Sur les épines du chemin;
On a vu fuir le lendemain,
Et l'on s'est dit dans sa misère:
« Pour être heureux sur cette terre,
« Où l'on veut tout approfondir,
« Il ne faudrait jamais grandir! »

A UNE JEUNE FILLE.

A une jeune fille.

Comme l'oiseau des bois, légère, insouciante,
A travers cette foule insensée et bruyante
Tu passes, jeune fille ! Oh ! pas un souvenir
Ne vient troubler ton cœur ! Étourdie et joyeuse,
Pour toi qu'un souffle, un rien ici-bas rend heureuse,
Le passé c'est hier, et demain l'avenir !

Ou plutôt, ignorant les phases de la vie,
Sans penser que d'une heure une autre heure est suivie,
Tu parcours en riant mille sentiers de fleurs
Dont tu ne connais pas les épines cruelles;
Car l'innocence encor te voile de ses ailes,
Éloignant de ton œil la tristesse et les pleurs.

•

Telle serpente une eau limpide et sans murmure,
Telle sur ton front d'ange erre ta chevelure!
Tes mouvemens sont doux comme ceux du roseau
Lorsqu'il est agité par la brise légère;
Et tes pieds sont pareils, en effleurant la terre,
Aux jeunes ailes d'un oiseau!

De ta bouche naïve on aime le sourire;
On aime tes grands yeux où la candeur respire,
Et ton col caressant, flexible, gracieux!
Rien ne rendrait l'accent de ton jeune langage;

Oh! les traits délicats de ton charmant visage
Ont été rêvés dans les cieux!

Ton âme ne sent pas toute son existence;
Comme l'enfant tu vis de jeux et d'ignorance;
Tu jouis du soleil, des fleurs, d'un ciel d'azur;
Et le soir, à côté de ta pieuse mère,
Quand la cloche voisine a sonné la prière,
Au Dieu qui te bénit tu donnes un cœur pur!

Et quand je dis : « Je souffre! » — ignorant ma pensée
Et le trait plein de fiel dont mon âme est blessée,
Tu détournes la tête et passes devant moi!..
Tu ne vois pas les pleurs qui mouillent ma paupière,
Tu n'entends pas le cri de ma douleur amère
S'élever jusqu'à toi!

Oh! oui, tes jours sont beaux, rians comme l'aurore
De ces illusions qu'un songe fait éclore
Et qu'on voit disparaître à l'instant du réveil!
Ton destin, jeune fille, est celui de la rose :
Un souffle la flétrit d'abord qu'elle est éclose...
—Dors encore,—je ne veux pas troubler ton sommeil!...—

ÉLÉGIE

DÉDIÉE

A M. ALPHONSE DE LAMARTINE.

La dernière heure du poëte.

La coupe de ma vie est enfin épuisée !...
...J'attends l'heure !..—Elle vient, loin du monde et du bruit !
Demain,.. lorsque le jour aura chassé la nuit
Et ramené l'aurore, — elle sera passée !...
...Passée avec mon rêve !... — Ainsi la goutte d'eau
Qu'un souffle fait glisser d'une feuille légère

Tombe seule et sans bruit sous l'ombrage éphémère
Qui pendant un soleil lui servit de berceau!

. . . .

Paix!... Un oiseau de mort plane sur ma demeure!...
...J'entends frémir son aile!.. — On dirait que ces lieux
Se remplissent de voix,... et que mon luth me pleure:
De mes jeunes destins seraient-ce les adieux?...

Qu'est-ce donc que mourir? C'est oublier la vie,
Cette existence qu'on envie
Malgré ses amères douleurs!
C'est descendre pauvre, sans guide,
Dans ces lieux où l'âme réside
En espérant des jours meilleurs:
Demeures saintes, éternelles,
Qu'un ange couvre de ses ailes
Immobiles comme le temps,
Toutes choses dont les mystères,
Objets de nos humbles prières,

Font pâlir le front des méchans,
Qui craignent de trouver un juge
Dans ce ciel, immense réfuge
Des afflictions d'ici-bas;
Où chacun avec confiance
Place une larme, une espérance!
Et quand vient l'heure du trépas,
Où l'âme fidèle s'envole
En nous montrant ce qui console
D'un pénible et dernier adieu!
Où sous une forme divine
Celui devant qui tout s'incline
Au poëte révèle un Dieu!...

. . . .

Le poëte? — il ne vit qu'au milieu du silence;
Nul être ne connaît son obscure existence;
Aux vains regards du monde il dérobe ses pas;
Cette foule qu'il fuit ne le comprendrait pas!

Comme un étranger, seul il traverse la vie
En méprisant ces biens qu'ici-bas l'homme envie;
Fatales voluptés qui ne durent qu'un jour!
Sa gloire, ses plaisirs sont des rêves d'amour!...

. . . .

...A la pâle clarté de ma lampe fidèle,
Dans un étroit réduit
Où le temps me touchait à peine de son aile,
Je veillais loin du bruit!..

Comme mon âme alors s'élançait tout entière
Vers ce bonheur mystérieux
Qu'elle avait rêvé dans les cieux!
Volupté d'ange, amour ignoré de la terre!...
...Comme mon front brûlait!..
Qu'ils étaient doux les mots qu'inventait ma tendresse!..
Pourtant... contre mon cœur plein d'une pure ivresse
Nul autre cœur ne s'appuyait!...

Mais je laissais errer mollement ma pensée
Tel qu'un enfant bercé sur le sein maternel!
Par un songe divin mon âme caressée
Goûtait les délices du ciel!...

...Un souffle aussi léger que le vol de l'abeille
Ou celui du zéphyr quand il dort sur les fleurs,
De sa vague harmonie enivrait mon oreille
Et remplissait mon sein de suaves langueurs!..

Puis comme un jeune oiseau balancé dans l'espace
Je jouissais!..
Des vulgaires sentiers j'avais perdu la trace,
Et je disais:

« Quand tu veux imiter la brise qui soupire,
« Le doux balancement de la feuille des bois,
« Des échos de la nuit les gémissantes voix,

« Une larme, un baiser, que je t'aime, ô ma lyre!... »

...O mes intimes chants d'amour!
Toi mon soleil, ma vie, âme de la nature!
Printemps que j'adorais, parfums, fraîche verdure,
Vais-je vous perdre sans retour?..

...Est-il un lieu respecté des orages
Où croissent de plus beaux ombrages,
Où le ciel garde son azur,
Où les fleurs sont toujours nouvelles,
Les affections éternelles,
Et le flot toujours calme, pur?...

. . . .

...De sa jeune saison voir renaître l'aurore!..
...Sur la mousse des bois... rêver!.. rêver encore!..
Voir à l'entour de soi des rameaux caressans
S'incliner, s'approcher, s'unir, au gré des vents!..
...Sentir une amoureuse haleine

Passer à travers ses cheveux!...
Entendre en sons harmonieux
Une voix répondre à la sienne!...
S'envoler dans ce pur séjour
Où règne une immortelle flamme,
A côté de cette jeune âme,
Objet de son unique amour!....
...Comme deux tendres tourterelles
Aux timides et blanches ailes....
Ne pas se séparer!...
...Se ravir!... s'admirer!...
...Se redire : je t'aime!...
...Et... dans l'amour extrême
...De la divinité...
Puiser... sa volupté!!...

. . . .

. . . .

N'écoutez plus, — le poëte repose;
Il dort de ce sommeil

Qui n'a pas ici de réveil.

Tel se perd le parfum quand s'incline la rose!

C'est maintenant un luth vide, silencieux,
Dont un souffle en passant a glacé le génie;
La corde s'est brisée, et sa pure harmonie
Est remontée aux cieux!

HÉLÈNE.

Hélène.

Qui dira ce qu'éprouve une âme de poëte
Quand la corde divine, insensible et muette
Comme l'aile que vient de détendre la mort,
Ou la flèche intrépide arrêtée en sa course,
Le flot mélodieux repoussé vers sa source,
N'a plus un seul accord?

De son rêve déjà serait-elle lassée
Cette âme où se mirait une chaste pensée
Comme un cygne se mire en un lac toujours pur?
Le souffle sous lequel la fleur pâlit et plie
Aurait-il desséché sa coupe à peine emplie,
Voilé son ciel d'azur?

Des pages du passé que le présent dévore
Et du lent avenir qu'ici-bas l'homme implore
Voudrait-elle sonder les vagues profondeurs?
Ou dans ce gouffre immense, avide de nos larmes,
Qui recueille un à un nos jours privés de charmes,
Jetterait-elle encor de nouvelles douleurs?..

Ne peux-tu t'affranchir de ce silence austère
Ni réveiller ton âme aux accens de la terre,
Qu'elle semble oublier avec tant de mépris,
Poëte? — As-tu perdu l'élan de ton génie?

Es-tu mort à ces chants, enfans de l'harmonie,
Qui de la harpe d'or te promettaient le prix?

Quoi donc! n'entends-tu pas vibrer à ton oreille
Ces voix pleines d'amour que l'amour même éveille?
Ne respires-tu pas mille parfums charmans
Versés par les plaisirs dans l'air qui t'environne?
Et de ce bonheur pur dont chaque front rayonne
Ne partages-tu pas tous les ravissemens?

Oh! relèves ton front qu'a fait courber l'orage,
Jeune arbre qu'au printems on admirait encor!
A l'horizon lointain vois glisser le nuage
Qui de la frêle abeille avait troublé l'essor.
Le ciel est calme et pur, renais à l'espérance,
Qui de ton avenir doit assurer la paix :
Les rayons bienfaisans du beau soleil de France
Viendront rendre la vie à ton feuillage épais!

Il est pour le poëte aux pieuses pensées
Un nom mystérieux qui des heures passées
Efface doucement chaque amer souvenir,
Et que plein de respect il adore en silence.
Ainsi la lampe d'or saintement se balance
Devant l'autel divin, que rien ne peut ternir.

Et ce nom, c'est la fleur miraculeuse et belle
Qui visite et parfume un cœur chaste et fidèle,
Et qui reste cachée aux regards des jaloux,
A l'ombre de ce cœur, feuille tendre et timide,
Qui n'a pas à trembler que l'aquilon avide
Profane en la cueillant ses plaisirs les plus doux!

Oh! qui ne l'a pas aimée
Cette rose parfumée
Dont l'attrait est si puissant!
Qui ne connait son empire,

Le charme de son sourire
Et celui de son accent!
Partout on sent sa présence;
C'est la voix qui dans l'absence
Rend à l'espoir, au bonheur;
C'est la touchante parole
Qui protége et qui console
L'orphelin dans son malheur!

C'est la blanche main qui s'ouvre
Aux passereaux d'alentour;
C'est l'autel que l'on découvre
Pour chanter l'hymne d'amour!
C'est l'aurore qui déploie
Son beau voile parfumé,
L'humide perle où se noie
Le rayon qu'elle a charmé!

C'est la pensée,
Douce rosée,
Suave odeur,
Qui vient du cœur!
C'est de la lyre
Qui la respire
Le pur délire,
Tout le bonheur!

C'est l'allégresse,
L'heure d'ivresse,
Don précieux!
C'est le beau rêve
Qui ne s'achève
Que dans les cieux!
Brillante étoile
Dont rien ne voile
L'éclat si doux;
Beauté parfaite

Que le poëte
Aime à genoux!..

ÉLÉGIE.

DÉDIÉE

A M. CONSTANT BERRIER.

Le brin d'herbe.

Je vois les clartés matinales
Colorer le sommet des monts
Et les corolles virginales
Relever leurs suaves fronts !
Je vois la scintillante étoile
Sur sa beauté jeter un voile

Comme une vierge à son réveil ;
Et la feuille que l'air caresse
Lui révéler avec ivresse
Les mystères de son sommeil !

J'entends préluder l'alouette
Près du nid qui dort au sillon ;
J'ouïs aussi la chansonnette
De la cigale et du grillon.
Mille insectes dans les feuillages
Dépliant leurs ailes volages
Tout joyeux reprennent l'essor,
Et comme l'essaim qui bourdonne
Leurs voix dans l'éther qui rayonne
S'exhalent en un même accord !

Enfans des prés et de l'aurore,
Chantez l'hymne de l'éternel,

Lorsque la terre se colore
Sous son regard tout paternel!...
Hélas! en cette heure divine
Pourquoi faut-il que je m'incline
Faible, triste, silencieux,
Et qu'avec tout ce qui respire
Ici-bas en vain je désire
Partager les bienfaits des cieux?

C'est qu'ainsi que l'heureuse graine
Arrachée au flanc de la plaine
Par l'aile du sombre aquilon,
Je suis tombé sur cette pierre
Qui m'a creusé dans ma misère
Un berceau loin de mon vallon;

Et qu'en cette aride demeure
Je crois à l'ombre de mon heure,

De même qu'un jeune captif
Qui rêverait au doux rivage
Dont le priverait l'esclavage,
Les yeux attachés sur l'esquif!

. . . .

....Pas une goutte de rosée
Sur mon humble front déposée!..
Pas un rayon à mon réveil
Pour ranimer ma frêle vie;
Tandis qu'à mes côtés, ravie
D'aspirer l'air et le soleil,
La jeune fleur au teint vermeil
Est belle, selon son envie!!

Oh! pourquoi cet amer destin?
Ai-je mérité la souffrance
Qui me prive de l'espérance
A peine encore à mon matin?

Pourquoi faut-il que je redoute
Que la poussière de la route
Ternisse ma simple couleur,
Et que l'orgueil d'un pied superbe
Me froisse un jour, pauvre brin d'herbe
Qui souffre assez de ma douleur ?...

. . . .

. . . .

Où sont ces blanches paquerettes,
Ces bassins d'or, ces violettes
Dont je devais cueillir la foi :
Fleurs que jusqu'ici j'ai rêvées
Sans les avoir encor trouvées
En m'éveillant auprès de moi?

... Où donc êtes-vous, mes chéries?
N'ai-je pas en mes rêveries
Béni votre aimable retour ;
Et, penchant ma tête pâlie

Par l'austère mélancolie,
Baisé vos fronts vierges d'amour?...

N'ai-je pas cru que ma verdure
Se ranimait soudainement
Sous une haleine fraîche et pure
Qui me balançait mollement;
Et qu'une sève bienfaisante
Versait à ma vie impuissante
Des forces et de la chaleur,
Et ces parfums des purs calices
Qui font les suprêmes délices
Du poëte et du voyageur?

Donnez-les-moi, vous que j'implore,
Ces parfums aimés de l'aurore,
Tombés des vases précieux
Qui s'ouvrent à la voix de l'ange

Dont ils contiennent la louange
En parant la beauté des cieux!

. . . .

Mais tout est muet et stérile
Dans ces lieux où le sort m'exile!..
Privé d'avenir et d'espoir,
Épuisé d'un pénible rêve,
Je sens que mon heure s'achève
Et qu'avant le retour du soir,
Comme un trait qui s'efface
Sous le souffle qui passe,
J'aurai fui d'ici-bas,
Sans que le sable, hélas!
Du lieu de mon trépas
Puisse indiquer la place
Au regard du passant,
Et dire en gémissant:
« Connais ma destinée.
« — De même qu'une fleur
« Par les vents moissonnée,

« Sur sa tige inclinée,
« Sans force et sans couleur,
« — C'est là qu'en un jour sombre,
« Avant l'heure fauché,
« J'ai passé comme l'ombre
« Et me suis desséché !!...!...

. . . .

ANNA.

Anna.

Oh ! répète-le-moi ce mot rempli de charmes
Que ta bouche en tremblant ne m'a dit qu'une fois.
J'entendais à demi le doux son de ta voix,
Et tes regards baissés me dérobaient tes larmes!...

. . . .

. . . .

Arrêtés sur le bord d'un lac silencieux
Dont l'aspect convenait à nos vagues pensées;
Le front calme et serein, les mains entrelacées,
Nous semblions oublier que nous étions heureux!

La lune en ce moment éclaira ton visage...
Anna, qu'il était beau! que j'aimai sa pâleur!..
Un tendre sentiment fit palpiter mon cœur...
Ah! de combien d'amour il devint le présage!!.

Mais tandis que mes yeux étaient fixés sur toi,
Admirant, pleins d'orgueil, ta grâce aérienne,
Dans un mol abandon ta main quitta la mienne,
Et tu laissas tomber tes bras autour de moi!..

Ta bouche alors s'ouvrit pour me dire : «Je t'aime!»
Ah ! qu'un aveu pareil efface de douleurs!
Chère Anna ! comme toi je répandis des pleurs...
Le bien que j'éprouvais était le bonheur même!!..

ÉLÉGIE.

Elégie.

Quand du repos enfin sonne la première heure,
Qu'un austère silence entoure ma demeure,
Et qu'épuisé du bruit et des soucis du jour,
Pauvre esclave affranchi, je suis libre à mon tour,
J'incline lentement sur mon chevet de larmes
Mon jeune front déjà dépouillé de ses charmes ;

De mon cœur qui se brise à chaque battement
Je ne puis exprimer le funeste tourment...
Je souffre!... j'ai la fièvre!... autour de moi s'enlace
Un frisson délirant qui me brûle ou me glace!..
Des sons entrecoupés s'échappent de mon sein;
D'informes visions je vois le pâle essaim!...
Je veux me soulever, fuir, échapper! qu'importe
En quels arides lieux la tempête m'emporte?
Ne suis-je pas déjà le convive des morts?...
Mais pour fuir, échapper, je fais de vains efforts;
Et je mourrais, je crois, de cette âpre torture,
Si l'éternel, touché des peines que j'endure,
Ne m'envoyait alors pour apaiser mes sens
Une âme dont moi seul puis ouïr les accens!..
Une âme qui répond à la voix de mon âme,
Qui comprend mes douleurs et partage ma flamme,
En me versant ces mots qui rendent si léger
Le fardeau qu'ici-bas nul ne veut partager!..
Tout ce que le poëte enferme de tristesse,
D'amour, de dévouement sublime, de tendresse,

D'harmonies et d'orgueil, elle sait tout sonder,
Tout guérir! A sa voix le malheur doit céder.
« Sois heureux, me dit-elle en cette heure suprême;
« Sois heureux, mon poëte; enivre-toi, je t'aime!..
« Sens-tu passer mon souffle à travers tes cheveux?...
« Sens-tu sous mes baisers se refermer tes yeux?..
« Me sens-tu dans tes bras t'étreindre et te redire :
« Oh! je t'aime!... je t'aime!..»—Et moi, dans mon délire,
Je répète : « Je t'aime!... oui mon ange, ma sœur,
« Mon épouse du ciel, je te sens dans mon cœur!
« Tu fermes sa blessure! ah! je la crus mortelle!..
« Dieu ne m'enverra plus cette épreuve cruelle,
« N'est-ce pas?..»—Non, jamais!»—«Tu seras mes amours,
« Ma compagne, ma vie en ce monde?..»—«Toujours!
« Toujours! je le promets!..»—Pour moi que de délices,
« Après tant de soleils témoins de mes supplices!..
« Laisse-moi, laisse-moi répandre encor ces pleurs!..
« J'ai besoin d'épuiser la coupe de douleurs
« Qu'une barbare main en mon nom a remplie!
« J'ai tant souffert! oui, trop!..»—«Pour moi, je t'en supplie,

« Chasse de ton esprit cet amer souvenir !
« Dis, que te manque-t-il ? n'as-tu pas l'avenir
« Et d'éternels amours?.. Viens donc jusqu'à l'aurore
« Qui doit nous séparer me répéter encore
« Ces mots, ces mots divins, que nous trouvons si doux!..»

. . . .

. . . .

Et nos âmes ont dit : «Aimons-nous!... Aimons-nous! »

. . . .

LE DÉSESPOIR.

Le désespoir.

... Et les cloches sonnaient!...
Et sous la voûte antique
D'une église isolée à la flèche gothique
Des chants d'hymen retentissaient!...

Sur le marbre pieux la foule recueillie
Attendait l'instant solennel
Que devait bénir l'éternel,
Et l'épouse priait avec mélancolie !...

Un autre aussi priait tristement à l'écart ;
Son front calme, mais pâle, annonçait sa pensée ;
Une volupté sombre animait son regard,
Qui tombait sur la fiancée !...

Immobile, silencieux,
Avec ivresse encore il contemplait ses charmes ;
Et tout en l'admirant — ses yeux
Se remplissaient d'amères larmes !...

Malheureux ! il osait, en ce fatal instant,
Fixer ses cheveux blonds et ses grâces naissantes,

Les flexibles contours de son col ravissant,
Ses alarmes de vierge et ses lèvres tremblantes!...

Elle avait seize ans, — et son cœur
Avait compris un jour cette première flamme
Qui seule donne le bonheur!...

Et le jeune homme alors sentait avec fureur
Mille traits déchirer son âme!...
Et sa poitrine bouillonnait!...
Et tout son sang vers son cœur refluait?...
Il ne sentait la vie, à cette heure terrible
Qu'à l'oscillation vague et presque insensible,
De sa paupière qui brûlait!...

Mais quand le mot sacré qui sépare ou qui lie
Eut été prononcé,

Un gémissement sourd comme un arbre qui plie
Et retombe brisé
Sortit du sein de l'assemblée...
La jeune femme alors pâlit et chancela!...
Pourtant on ne vit rien, et chacun s'en alla....

Mais le soir de ce jour, la fête fut troublée
Par de sinistres bruits
Pareils aux cris aigus du sombre oiseau des nuits!
On se demanda, plein de crainte,
Le jeune homme débile, au front décoloré,
Aux cheveux en désordre, à la prunelle éteinte,
Qui le matin avait pleuré!
Quelques pâtres venaient de dire
Qu'un insensé, dans son cruel délire,
Près d'un gouffre profond longtemps avait erré...

On y courut pour sauver la victime!...

Mais on ne trouva plus que des rameaux froissés
Et fraîchement brisés
A l'entour de l'abîme!!...

LE PETIT OISEAU.

ÉLÉGIE

DÉDIÉE A SA MAJESTÉ LA REINE.

Le petit Oiseau.

Que ne puis-je voler vers cet espace immense
Qu'on appelle les cieux !
Sur la feuille des bois que le zéphyr balance
Me poser tout joyeux !
Respirer les parfums dont s'enivre l'abeille,
Du jeune papillon partager les ébats,

Admirer la beauté de la rose vermeille,
L'effleurer comme lui de mes pieds délicats!

Ainsi que la frêle nacelle,
Légèrement avec mon aile
Raser la surface des eaux;
Écouter la brise timide
Palpiter dans la voile humide
Et gémir parmi les roseaux!

Hélas! si je pouvais quitter l'étroit asile
Qui retient mon essor!
Me balancer dans l'air mobile
A travers des nuages d'or!...
Au sein des plaines azurées
Que j'ai tant de fois admirées
Suivre les oiseaux voyageurs,
Puis revenir sur le rivage

Où croissent, sous un frais ombrage,
Le tendre gazon et les fleurs!

Que ne puis-je imiter la voix harmonieuse
De ces chantres divins
Dont une main mystérieuse
Protége les destins!!..
On dit qu'ils ont un beau plumage
Et que leur flexible ramage
Réjouit la terre et le ciel;
Que leur ivresse sans mélange
Est pure comme la louange
Qui monte aux pieds de l'éternel!

Mais, hélas! ce bonheur que ma faiblesse implore
Ne me sourira pas à l'heure du réveil!
Je ne volerai pas aux portes de l'aurore
Pour m'embraser des feux dont brille le soleil!

J'ai pourtant vu s'élever dans l'espace
Plus d'un oiseau dont j'ai perdu la trace!...
Cependant comme lui j'ai des ailes d'azur
Qui pourraient m'emporter où vole ma pensée!..
Cependant comme lui, quand le matin est pur,
J'aimerais à jouer dans l'herbe et la rosée,
Puis retourner mourir au nid où j'ai chanté!...

Oh! qui m'affranchira de ce triste esclavage?...
Qui brisera les fers de ma captivité?..
Je souffre; mais, hélas! je n'ai pas de langage
Pour demander ma liberté!!....

CHANT D'ALLÉGRESSE.

Te Deum laudamus :
Te Dominum confitemur.

Chant d'allégresse.

Poëtes, reprenons nos harpes frémissantes;
Chargeons encor de fleurs nos mains reconnaissantes,
Et marchons en chantant vers les pieux autels!
De l'hymne inspirateur que nos cœurs se parfument;
Qu'en mille vases d'or la myrrhe et l'encens fument
Pour la gloire des immortels!

Car ils nous ont donné la tiède rosée
Pour féconder le sein de la terre épuisée
Par les feux dévorans de l'astre aimé du jour.
Ils ont paré les cieux d'amour et d'harmonie
Pour recevoir celui dont la course est finie
Et le délasser au retour.

Leurs mains au front des rois ont brisé la couronne
Quand ils ont méconnu la bonté qui pardonne
Et de la vérité terni le pur flambeau;
Mais ils ont béni ceux dont la voix paternelle
A dit au malheureux : « Enfant, viens sous mon aile;
« Je veux alléger ton fardeau ! »

Ce sont eux qui pour nous remplis de prévoyance
A nos humbles foyers ont assis l'espérance
Et placé sur l'écueil la fidèle amitié :
Des célestes bienfaits sages dispensatrices,

Que nous trouvons toujours au temps des sacrifices,
Quand notre âme à crié : « Pitié ! »

C'est par leurs tendres soins et leur volonté sainte
Que le petit oiseau chante et s'ébat sans crainte
Dans le nid ignoré de l'avide oiseleur,
Et que la jeune mère au sein du long martyre
Qui de son premier-né lui promet le sourire
Trouve du charme à sa douleur !

O poëtes ! prions pour cette jeune mère !...
Prions pour que son heure, en passant moins amère,
Soit un second bienfait de la bonté des dieux !
Prions pour le berceau déposé sur sa couche
Et l'enfant adoré qu'éveillera sa bouche
A nos accens mélodieux !

Prions, car la prière est un écho de l'âme
Que l'amour purifie à sa divine flamme
Et qu'il prend sur son aile étincelante d'or,
Pour enivrer les cieux de cette mélodie
Que l'on cesse d'entendre au chemin de la vie
Quand la harpe rêve ou s'endort.

Au seuil du temple saint appendons nos guirlandes!
Sur le marbre pieux déposons nos offrandes....
Il est des mots sacrés qu'on ne dit qu'à genoux!
Détachons sur l'autel les blanches tourterelles,
Symbole délicat des unions fidèles
Et des sentimens les plus doux!..

. . . .

Elle est mère!... elle est mère, ô bardes du Permesse!
Celle que nous avons chantée avec ivresse!
La joie a tressailli dans son flanc maternel!..
Il est né cet enfant, notre noble espérance;

C'est la fleur du laurier dont s'honore la France,
Éclose à son vœu paternel!

C'est le flot apporté sur la rive charmée!
C'est l'écho répondant à la voix bien-aimée!
C'est l'intrépide aiglon sorti de l'œuf royal
S'ébattant au matin sous l'aile de sa mère,
Et prêt à secouer la poudre de son aire
Pour braver l'éclair déloyal!

A son front que nul souffle étranger ne profane
Brille une étoile d'or au rayon diaphane,
Qui promet l'avenir à son jeune destin!
Un sourire bercé sur ses lèvres de rose
Des délices du ciel garde encor quelque chose,
Comme la fleur à son matin!

La vie avec son rêve, — ainsi qu'une nacelle
Qui vogue sans effort sous la rame fidèle,
Sur chaque flot ravi le porte avec amour
Et le berce à nos voix sous l'œil de ce bel ange
Qui doit orner de fleurs sa coupe sans mélange
Et lui parler de nous un jour!

Mais bien qu'il touche à peine encor au long rivage,
Il peut dès à présent accepter un hommage
Qu'ont approuvé d'avance et nos cœurs et les dieux;
Notre louange est pure ainsi que son essence :
C'est un parfum que peut respirer l'innocence
Comme l'encens qui monte aux cieux.

Chantons donc, chantons donc, pour saluer l'aurore
De ce beau jour! Du nom que notre harpe adore,
O poëtes! charmons la nymphe de ces bords!
Qu'il se mêle aux parfums qu'exhale son haleine;

Que les échos lointains, en répétant : Hélène !
Disent sa joie et nos transports !

Que l'inspiration, fille de l'allégresse,
Épanchant de la corde une sublime ivresse,
Dérobe à nos regards les vulgaires chemins !
Et que chaque moment de cette heure si belle,
Présent des immortels, — soit une fleur nouvelle
Qui se parfume sous nos mains !

ROMANCE.

Seule avec la misère!

Au pied de la croix sainte
Elle vient de s'asseoir;
Dieu seul entend sa plainte
Et voit son désespoir.
Sans parens, sans demeure,
Étrangère en tous lieux,

Pauvre fille, elle pleure
En regardant les cieux!

Personne sur sa route
Pour lui tendre la main!...
Faible et pâle, elle écoute....
Attendra-t-elle en vain?...
Seule avec la misère
Qui va fermer ses yeux,
Pauvre fille, elle espère
En regardant les cieux!...

De celui qui console
Au ciel est le séjour;
De sa douce parole
Elle implore l'amour!..
Quand ce monde l'oublie
Et repousse ses vœux,

Pauvre fille, elle prie
En regardant les cieux!...

Mais l'horizon se voile,...
Et son regard moins sûr
S'éteint comme l'étoile
Qui se perd dans l'azur!...
Sur sa lèvre un sourire
Passe mystérieux!...
Pauvre fille, elle expire
En bénissant les cieux!...

UNE FLEUR.

Une fleur.

Oh ! que je t'aime ! que je t'aime !
Petite fleur au sein d'azur !
Ton pistil comme un diadème
Se dessine sur ton front pur !
Sous ce brin d'herbe qui se penche
Tu caches ta corolle blanche

Aux frais et suaves contours;
Toute la nuit je t'ai rêvée,
Et ce matin je t'ai trouvée
Sous ce brin d'herbe, ô mes amours!

Et depuis cet instant j'admire
Tes charmes pleins de volupté!
Mes yeux, ma bouche, mon sourire,
Rendent hommage à ta beauté!
Sans craindre que je te déplaise,
Avec mon souffle je te baise
Et voile ton front virginal;
Ma pensée enlace ta tige,
Tu m'environnes d'un prestige,
Et mon bonheur est sans égal!

Car, insensible à ces atteintes
Qui flétrissent vierges et fleurs,

Tu sembles rire de mes craintes
En te livrant à mes ardeurs.
Je partage ta confiance :
Rien n'altère la jouissance
Que me procure ton amour;
Je te respire sous tes feuilles,
Et dans mon âme tu t'effeuilles
Pour la parfumer chaque jour!

SATIÉTÉ.

Satiété.

« Mourir!... je veux mourir!.. C'en est assez... esclave,
« Retire-toi! Je suis las de la vie. Adieu!..
« N'espère rien : le ciel? ta douleur? je les brave!
« Prends mes trésors; sois libre! abandonne ce lieu!
« Retourne sur ces bords où ravie à ta mère
« Tu laissas ton sourire et ton premier amour...

« Va, laisse-moi vider seul cette coupe amère !
« Ton œil, comme le mien, n'est pas lassé du jour !
« Ton sein ne contient pas ce poison qui dévore,
« L'ennui ! fantôme horrible ! heure vide, néant !
« Pâle fleur qu'au désert nul rayon ne colore !
« Ver qui consume tout ce qu'il trouve vivant !...
« Je ne désire plus ce que l'homme désire ;
« De mille voluptés j'ai savouré l'erreur ;
« J'ai couronné mon front en chantant mon délire ;
« J'ai cru longtems aux dieux, à la gloire, au bonheur ;
« J'ai déposé deux mots sur des lèvres de femme,
« Plus doux que la rosée et l'amandier fleuri ;
« Comme en un temple saint j'ai versé dans mon âme
« De suaves parfums dont le vase est tari.
« Il ne me reste plus que dégoûts, amertume,
« Impuissance d'aimer les objets que j'aimais !
« Sur l'autel sans idole il n'est plus rien qui fume ;
« Plus rien !.. le feu sacré s'est éteint pour jamais !..
« J'ai déjà trop vécu, que ma course s'achève !
« Il doit être si doux l'instant où l'on s'endort

« Comme le nautonnier que délasse un beau rêve
« Et qui va s'éveiller, joyeux, à l'autre bord !
« Je ressemble au convive épuisé par l'ivresse :
« Au milieu du plaisir qu'il ne peut plus goûter
« Sa main laisse tomber la coupe avec mollesse,
« Insensible au refrain qu'il n'a pu répéter.
« Mon œil ne contient plus de vives étincelles ;
« Vois, mon front jeune encor s'est dépouillé de fleurs !..
« ...Maintenant que la mort le couvre de ses ailes
« Et rejette à l'oubli mes fatales erreurs,
« Que m'importe où j'irai ? Lorsque l'homme succombe
« Sous le grossier fardeau de ses pénibles jours,
« Il ressemble à l'insecte, à la feuille qui tombe !..
« Quitte-moi donc, esclave... Adieu !.. c'est pour toujours !
« Adieu ! pars, obéis !... » — Mais l'humble et tendre amante,
Les yeux chargés de pleurs et le cœur sans espoir,
A genoux devant lui pressait sa main tremblante
Et sous ses longs cheveux cachait son désespoir !

« Oh ! non! s'écria-t-elle, encore, encore une heure
« Avant celle qui doit éclairer ton trépas
« Et d'un voile de deuil couvrir cette demeure !..
«...Que faire de mes jours sans les tiens ici-bas,
« Puisque tu veux mourir, puisque mes faibles charmes
« Ne peuvent plus fixer ni ton cœur ni tes yeux?...
« Mais ne t'abuse pas, partout on a des larmes
« Pour sa douleur!... — Silence, esclave! je le veux!
« —Tu l'ordonnes, eh bien ! ma bouche va se taire ;...
«...Regarde,... me voici muette et sans regard!...»
Dit-elle en se frappant le sein de son poignard,
Tandis que du Nabab le riche cimeterre
Échappait tout sanglant à sa mourante main
Et que la mort venait achever leur hymen!

BALLADE

DÉDIÉE

A LA R.·. L.·. DES AMIS FIDÈLES, O.·. DE PARIS.

C'étaient les cieux!

O ma mère ! écoute
Ce que je rêvais :
C'était une route
Où je ne trouvais
Que parfums et roses,
Perles, diamans,

Merveilles écloses
Pour charmer mes sens ;
Aimable chimère
Dont j'aimais les jeux....
C'était beau, ma mère,
Car c'étaient les cieux !

Des oiseaux sans nombre
Au plumage d'or,
Légers comme l'ombre,
Prenaient leur essor!
De vives abeilles,
De gais papillons,
Trouvaient leurs corbeilles
Loin des aquilons ;
Là point d'heure amère,
Ils étaient heureux....
C'était beau, ma mère,
Car c'étaient les cieux!

C'était la nacelle
Qui berce sans bruit;
L'aurore nouvelle
Qui n'a pas de nuit;
C'était sous l'ombrage
Le nid protecteur
Où loin de l'orage
Et de l'oiseleur
L'oiseau solitaire
S'abritait joyeux.
C'était beau, ma mère,
Car c'étaient les cieux!

C'était la prière
D'enfans comme moi
Entourant leur mère
Bonne comme toi!
C'était le sourire
Qui ravit le cœur,

L'âme qu'on respire,
L'espoir, le bonheur,
L'oubli de la terre,
L'amour précieux...
C'était beau, ma mère,
Car c'étaient les cieux!

Sur l'aile, — humble voile,
D'un ange au front pur,
Je touchais l'étoile
Qui fleurit l'azur!
Des âmes heureuses
J'entendais les voix
Aux harpes pieuses
S'unir mille fois!..
Des flots de lumière
Inondaient mes yeux....
C'était beau, ma mère,
Car c'étaient les cieux!

Des portes de flammes
S'ouvrant tour à tour,
Me montraient des âmes
L'immortel séjour;
Un roi sur son trône
D'or et de vermeil,
Portant sa couronne
Semblable au soleil,
Disait : « Gloire au père
Et paix en tous lieux.... »
C'était beau, ma mère,
Car c'étaient les cieux !

Sur la dalle sainte
Où marchait l'époux,
Tout tremblant de crainte
J'étais à genoux !.....
...Un accent bien tendre
Me rendit à moi:...

Je pensai t'entendre
M'appeler à toi......
Le songe éphémère
Fuyait de mes yeux !...
Ton baiser, ma mère,
M'a rouvert les cieux !..!..

ELÉGIA

DEDICATA

ALL' IMPERIALE E REALE SOCIETÀ ARETINA
DI SCIENZE, LETTERE ED ARTI.

AMÉLIE

Maria Malibran.

L'oiseau s'ébattant,
La fleur s'entr'ouvrant
Sur la rive humide
D'un ruisseau limpide,
Cessèrent un jour
De rêver d'amour.

La rose frivole
Ferma sa corolle,
Et le jeune oiseau
Resta près de l'eau
Où l'arbre se penche,
Muet sur sa branche!
Un beau papillon
Sorti du vallon,
Amoureux, volage,
Courut sous l'ombrage
Sans voir le soleil
Ni le ciel vermeil!
La blanche rosée
Scintilla, posée
Sur l'herbe des prés
De fleurs diaprés!
Suave corbeille
De la frêle abeille
Reprenant l'essor
Vers sa ruche d'or.

L'inconstant Zéphire,
Qui rit et soupire
A travers les bois,
Demeura sans voix.
L'agile hirondelle
Replia son aile.
Le ruisseau qui fuit,
S'écoula sans bruit.
Le pâle nuage
Qui flotte et voyage
Dans les champs de l'air,
Trônes de l'éclair,
Termina sa course.
Le flot à sa source
Resta suspendu.
Du barde éperdu,
Seul en sa demeure,
La harpe qui pleure
Se tut sous sa main;
Et sur le chemin

L'heure qui nous quitte
S'en alla moins vite
Pour mieux écouter
Une voix chanter!..

. . . .
. . . .

Car lorsque Dieu la fit si noble et si parfaite,
Il ajouta : « Sois libre, ange, femme, poëte,
« Étoile, fleur du ciel, parfum digne de moi;
« Les liens des mortels ne sont pas faits pour toi!
« Ils briseraient mon œuvre et si franche et si pure.
« Reste donc toujours libre, enfant de la nature;
« Va parler à l'esprit, à l'âme, aux yeux, au cœur;
« Du génie et de l'art sois le révélateur!
« Grandis, marche, cours, vole, imposante et légère,
« Pour remplir de tes chants la terre tout entière!!»

Et quand la voix divine eût dit, une autre voix,
Soumettant aussitôt les échos à ses loix,
Dans l'espace infini grandit, grandit encore!...
Chaque son, tour à tour rapide, hardi, sonore,
Magique, gracieux, tendre, suave et doux,
Pouvait se comparer aux vagues en courroux
Qui montent jusqu'aux cieux, retombent, se replient,
S'enflent de tous côtés sous les rames qui plient;
Ouvrent les flots amers avec emportement,
Puis s'en vont dans leur sein se perdre sourdement,
Palpitantes encor, mais cependant soumises
Par le souffle embaumé des ravissantes brises :
Ames vierges d'amour, délices des échos,
Aimant à rafraîchir le front des matelots!

Oh! l'inspiration, cet élan du génie,
Mer dont le moindre flot contient une harmonie,
C'était *elle!* — C'étaient ces longs gémissemens
D'une âme qui se brise en de sombres tourmens!

C'étaient des cris divins pleins de pleurs de tendresse,
D'énergiques douleurs, sublimes de tristesse,
Puis des accens légers qui partaient vers les cieux,
Semblables à l'oiseau jeune et capricieux
Qui chante, en effleurant chaque feuille nouvelle
De ses pieds délicats et du bout de son aile!..

. . . .

...Et la terre écoutait...
Et la voix, comme un luth aux accords pleins de flamme,
Vibrante, palpitait
Dans l'âme qui sentait ce que c'était qu'une âme!...

Mais un jour tout cessa;
Car la mort passa
Pour rompre le charme
Et prendre une larme
Au vase de fiel
Où sans espérance

L'homme en sa souffrance
Cherche un peu de miel!
Sous son aile sombre
Tout se couvrit d'ombre
Comme au dernier jour.
Sous sa froide haleine
Les fleurs de la plaine,
Qui rêvaient d'amour,
Pâles, s'inclinèrent;
Les lacs se ridèrent;
Du frêle roseau,
Enfant des rivages,
Le front se pencha,
Et dans les feuillages
L'oiseau se cacha!...

Ainsi que l'extase,
Dernière phase
Du songe qui fuit,

L'étoile voilée
Par l'austère nuit,
La plante isolée
Confiant à Dieu
Son suave adieu
Sur l'aride grève
Où pâle et sans sève,
Triste, elle croissait
Quand l'heure passait ;
Ainsi la voix d'ange,
Comme la louange
De l'hymne pieux,
A quitté la terre
Avec son mystère,
Pour ravir les cieux !..

MA MÈRE.

Ma mère.

✠

Quand sous mon humble toit, pacifique domaine
De ces pauvres oiseaux que le bon Dieu nourrit,
Je réfléchis aux biens que le présent entraîne
Comme le cours d'une eau qu'un bras puissant tarit,
J'enferme dans mon sein cette pensée amère
Que pour l'homme il n'est rien d'éternel ici-bas ;

Et dans mon triste ennui je t'appelle, ô ma mère!
Mais froide en ton cercueil, tu ne me réponds pas!..

Il m'en souvient, jadis la moindre de mes larmes
Retombait sur ton cœur, ardent à me chérir.
Tu t'empressais alors d'apaiser les alarmes
Qui près de mon berceau t'avaient fait accourir;
Et puis tu me pressais dans une sainte ivresse,
Entourant de tes bras mes membres délicats;
Ton amour vigilant protégeait ma faiblesse;
Et je te souriais, car je ne souffrais pas!

Heureux enfant! tes mains me tressaient la couronne
Que les heures venaient, riantes, m'apporter,
Riches de ces plaisirs que la paix environne.
Qu'il m'était doux alors, ma mère, d'exister
Pour vivre sous ton souffle et ton regard si tendre,
M'endormir à ta voix, m'éveiller à tes pas,

Prier pour toi celui qui devait me comprendre,
Lui dire mon bonheur et le bénir tout bas !

Ton œil bleu, protégé par de brunes paupières
Qui se baissaient souvent pour voiler les douleurs
Qu'un souci d'avenir te rendait plus amères,
Était pour moi l'étoile aux rayons protecteurs,
Brillant à mon matin pour avertir l'orage
De respecter les fleurs qui croissaient sous mes pas,
De l'azur de mon ciel éloigner tout nuage
Et faire de ma vie une fête ici-bas !

Bien souvent cependant une pensée amère
Obscurcissait ma joie, œuvre de ton amour :
Je te voyais si pâle et si frêle, ô ma mère !
Que je tremblais de crainte ! et pourtant chaque jour
Ton front était serein et ta bouche sans plainte !
Et ta douce bonté ne se fatiguait pas

De rendre au malheureux son espérance éteinte
Et de l'environner de ses soins délicats!

Ignorant les vertus qui paraient ta belle âme
Ainsi que des parfums répandus sur le seuil
D'un temple précieux, comme une simple femme
Dans le sentier commun tu marchais sans orgueil;
Mais bientôt à mes yeux tu passas comme une ombre
Sainte qui n'apparaît qu'une fois ici-bas,
Me laissant de mes jours seule compter le nombre
Et dans l'étroit chemin me traîner pas à pas!

Combien de fois, depuis que la mort est passée
Pour dévouer ma vie aux regrets éternels,
N'ai-je pas méprisé cette vaine pensée
Qu'on appelle la gloire au séjour des mortels!
Quelle plus chère main eût pu comme la tienne
Vers le char triomphal guider mes faibles pas?

Et quelle âme plus tendre eût battu dans la mienne,
Fière de ce bonheur qui ne s'achète pas?

Combien de fois encor mon âme désolée
A repoussé le bruit pour t'appeler à soi,
Et te crier : « Oh! viens de mon heure isolée
« Chasser le vide affreux pour le remplir de toi!...»
Et je croyais sentir errer ta douce haleine
Sur mes mains, sur mon front. Puis d'autres fois, hélas!
Craignant de t'affliger en te montrant ma peine,
Je retenais mon souffle et je pleurais tout bas!..

Car ma veille était lente et veuve d'espérance!
Mais sans demander plus au monde, à l'avenir,
Je savais préserver du joug de la souffrance
Un cœur né fier et pur, que rien ne peut ternir.
Nul front ne doit ployer sous une vile chaîne;
Libre, il faut pardonner si quelque âme ici-bas

Froisse en passant une âme étrangère à la haine,
Et savoir oublier lorsqu'on n'estime pas!

Si dans la route obscure et rude de la vie,
Où depuis ton départ pas un rayon n'a lui,
Sans accuser le sort, je marche sans envie
En détournant mon œil du rêve qui m'a fui,
C'est que ton souvenir, plus puissant que mes larmes
Et que le saint désir que mon cœur éprouva,
Sur mes jours dépouillés jette seul quelques charmes
Et me montre le but en me répétant : « va! »

Ainsi que l'exilé sur le sol du veuvage
Qui songe aux doux climats objets de son amour,
Me voici tristement attachée au rivage
Jusqu'à ce long adieu qui n'a plus de retour!
Quand de la terre alors j'aurai brisé le vase,
Heureuse, tu viendras au-devant de mes pas,

Afin de nous unir en une même extase
Et bénir le bienfait de l'ange du trépas!..

MÉLANCOLIE.

Mélancolie.

Quels lieux habite-t-il, l'objet que je désire,
Qui ferait mon bonheur?...
Sur le sol où je vis peut-être qu'il respire
Et demande mon cœur!...

Peut-être !... mais où va s'égarer ma pensée
Tandis que je me meurs?..
Tandis que de chagrin mon âme est épuisée
Et que coulent mes pleurs !...

Mon front, chargé d'ennui, n'a plus de la jeunesse
Le riant coloris ;
Et mon corps défaillant, miné par la tristesse,
Se penche comme un lys !..

C'en est fait, ô destin ! la coupe de la vie
Se retire de moi !
J'existe en décroissant, et mon âme asservie
N'a plus rien devant soi !..

Et pourtant j'espérais, ô trompeuse chimère !
Que ces vagues désirs,

Dont la réalité me paraissait si chère,
Feraient seuls mes plaisirs!

Maintenant plus d'espoir : cet objet que j'implore
Dans l'ombre des forêts ;
Cet objet que j'attends de la nuit à l'aurore,
Qu'appellent mes regrets ;

Cet objet dont j'ai cru voir l'image adorée
Dans mille flots d'azur ;
Que mon œil contemplait sous la voûte éthérée
Quand le ciel était pur ;

Dont je me figurais entendre le langage
Quand mon luth sous mes doigts,
De mes sens agités en me peignant l'image,
Répondait à ma voix ;

Que je voyais dans l'air, dont j'aspirais l'haleine
A travers mes soupirs,
Lorsque je respirais, en traversant la plaine,
Le parfum des zéphyrs;

Dont je pleurais sans but l'imaginaire absence
Quand l'amère douleur,
D'un rève seduisant effaçant l'existence,
S'emparait de mon cœur;

Qui faisait palpiter mon sein avec ivresse
Lorsqu'un transport joyeux
Offrait, paré d'attraits, l'objet de ma tendresse
A mes regards heureux;

Dont le charme secret inspirait mon génie,
Dirigeait mes pinceaux,

Et seul entretenait la divine harmonie
De mes jours les plus beaux;

Cet être enfin, cet être à mes yeux invisible,
Que je demande, hélas!
Ce serait le néant? — O destin inflexible!
Il n'existerait pas?...

Quoi! j'aurai traversé cette triste vallée
Comme le voyageur
Dont les pas ignorés et la marche isolée
Ne frappent pas un cœur?...

J'aurai vu les mortels, habité leurs chaumières,
Partagé leurs destins,
Sans que personne, hélas! ait senti mes misères,
Allégé mes chagrins?...

Ma voix au milieu d'eux se sera fait entendre,
Sans qu'ils m'aient entendu,
Et que pour mon bonheur nul accent aussi tendre
Au mien ait répondu!..

J'aurai vu l'amitié, que je croyais sublime,
Se faner dans les cœurs,
Et l'austère vertu chanceler sur l'abîme
Des fatales erreurs?...

J'aurai vu la douleur ne durer qu'une année
Loin du sombre tombeau;
Et la main de l'époux rallumer d'hyménée
Le mobile flambeau?

J'aurai vu les talens, victimes du caprice,
Tristement dépérir;

Et j'aurai vu l'amour, de l'homme le délice,
Dans son âme mourir?

J'aurai vu proclamer d'insensibles richesses
Par d'aveugles mortels,
Et le vice impudent à ses lâches faiblesses
Ériger des autels?...

Et devant ces tableaux mon cœur, plein d'énergie,
N'aurait pas tressailli?
Il n'aurait pas osé dédaigner la magie
Du mortel avili?...

Toi seul brisas nos nœuds, monde sans caractère,
Dont l'attrait imposteur
M'exila de ton sein, pour chercher la chimère
Que se créait mon cœur!

Pour demander au ciel, à toute la nature,
L'objet mystérieux
Qui n'avait pas de nom, mais dont l'image pure
Me suivait en tous lieux!

Qu'importent les couleurs?—lorsque l'âme est blessée
La nuit ressemble au jour,
Les saisons aux saisons ; — il n'est que la pensée
Qui change tour à tour!

Avec quelle ferveur, quelle persévérance
Elle suit un ami
Qu'exile le malheur, pour rendre l'espérance
A son cœur endormi!

Ou plutôt, voyageant dans un nouvel espace,
Lasse d'un faux lien,

Elle trouve en rêvant, non ce plaisir qui passe,
Mais du cœur le vrai bien!

Ce bien qui fait qu'on aime à marcher dans la vie,
A fixer l'avenir ;
Douce félicité qui tient l'âme asservie
Jusqu'au dernier soupir!

Ce bien, parfum d'amour, que le Seigneur approuve
Et qu'appellent mes vœux ;
Ce bien, qui calmerait la douleur que j'éprouve,
N'est-il que dans les cieux?..

Longtemps j'ai poursuivi ses formes invisibles;
Par sa grâce abusé,
Je voulais... Vain désir! les cieux sont inflexibles,
Ils m'ont tout refusé!..

. . . .

. . . .

...Et le temps a détruit le magique prestige
Dont j'aimais les couleurs :
—Ainsi que le bouton détaché de sa tige,
Je me flétris et meurs!..!..

. . . .

ÉGLOGUE.

Eglogue.

Revenez, revenez, constantes hirondelles,
Des solides amours vrais et touchans modèles ;
Revenez retrouver le nid qui de vos cœurs
Doit revoir ce printemps les nouvelles ardeurs !
Déjà la feuille fait l'ornement des campagnes ;
Le soleil, plus ardent, colore les montagnes ;

Mille diverses fleurs émaillent les gazons;
On voit de toutes parts voler les papillons.
Les inconstans zéphyrs, épandant leur haleine,
Rafraîchissent les bois et parfument la plaine;
Ils s'en vont tour à tour caresser au hasard
La tige et le bouton qui charment le regard.
De ses tendres rameaux le jeune arbre se pare.
Pour les jeux d'Évoé la vigne se prépare.
Avec ravissement l'honnête agriculteur
Voit son champ reverdir et sa navette en fleur.
L'habile jardinier, qui l'hiver se repose,
Taille, émonde, redresse, arrache, bêche, arrose.
Dans ses yeux pleins d'espoir brille un rayon d'orgueil,
En semant ses carrés de pois et de cerfeuil!
Le buisson épineux de la simple églantine
Va bientôt exhaler l'odeur suave et fine,
Et l'antique forêt offrir au malheureux
Un asile ignoré de l'homme fastueux.
Plus doucement encor l'eau serpente et murmure
Et reflète en son sein une tendre verdure.

Une foule d'oiseaux par leurs aimables chants
Réveillent des échos les magiques accens.
Le pâtre, plus léger, revole à la chaumière,
Où l'attend une sœur à côté de sa mère!
Phœbé dispense alors ses rayons argentés;
Par un souffle brûlant les bois sont agités.
Des bruits mystérieux à travers le feuillage
Se mêlent aux parfums; le ciel est sans nuage;
Et Vesper, dont le front se montre radieux,
Invite les mortels à jouir de ses feux.
Un amant lui répond. En secret il s'élance
Sous l'ombrage discret que le zéphyr balance;
Il se plaît à rêver, à former des désirs;
Ses peines, ses tourmens, sont presque des plaisirs!
Loin de lui sur sa couche, au milieu des alarmes,
Une tendre beauté répand d'amères larmes;
Son œil ne peut goûter les bienfaits du sommeil;
Sa bouche ne sait plus sourire au doux réveil!
L'amour, le seul amour occupe sa pensée;
Par mille nœuds cachés il la tient embrassée,

Et se riant du trait que sa main a conduit,
De son cruel triomphe encor il s'applaudit!
C'est un enfant cherchant à ne pas le paraître,
Qui, malgré sa faiblesse, aime à régner en maître
En se jouant des pleurs et des fragiles vœux
De l'esclave soumis auquel il dit : « Je veux! »
Car il sait que bientôt l'attentive Espérance
S'exilera du ciel pour calmer sa souffrance
Et changer en plaisirs ses pénibles langueurs,
Quand renaît le printemps, saison des jeunes cœurs!

O printemps! qu'il m'est doux de revoir tes merveilles,
Mon Horace à la main, comme lui sous mes treilles
D'admirer du soleil l'imposante splendeur!
Et de contempler Dieu dans toute sa grandeur!...
Qu'il est bon, qu'il est grand, celui qui sur la terre
Voulut créer pour l'homme et le cœur d'une mère
Et le cœur d'un ami! — Deux précieux autels
Qui sous l'aile du temps resteront immortels!...

Il m'en souvient, ami, de notre adolescence,
De ces premiers beaux jours faits pour la jouissance!
Mon jeune cœur alors, satisfait dans ses goûts,
Des revers du destin redoutait peu les coups.
L'indulgente Amitié, bonne par caractère,
Dissipait les ennuis d'un travail trop austère;
Elle fut mon Mentor, et, soumis à ses lois,
Je la surpris souvent fière de mes exploits.

Que l'étude pour nous avait de nobles charmes!
Avec quelle candeur nous confondions nos larmes
En lisant ces auteurs, poëtes au berceau,
Et Corneille, et Racine, et Voltaire, et Rousseau!...
Témoin de mes transports, tu comprenais la flamme
Que leurs tendres écrits allumaient en mon âme!
Nos deux cœurs innocens, savourant le poison,
Accordaient sans rougir l'amour et la raison.
L'Amour! ce dieu charmant qui produit le délire,
Dont le pouvoir s'étend sur tout ce qui respire,

Oh! comme il m'enchantait quand sur le bord des eaux
Je peignais en secret ses gracieux tableaux!
Mon cœur, novice encor, se livrait sans alarmes
Au tendre sentiment dont je rêvais les charmes.
Mille feux inconnus s'allumaient en mes sens;
Ma voix ne rendait plus que de faibles accens!...
Combien j'aimais alors l'aspect d'une prairie
Pour jouir sans témoin d'une image chérie!...
Je me surpris souvent les yeux baignés de pleurs
En admirant le ciel, la verdure et les fleurs!...
Le parfum des bosquets me plongeait dans l'ivresse;
Dans ces lieux ignorés je revenais sans cesse
Épris d'un feu nouveau, tressaillant de plaisir
En rêvant au bonheur que j'espérais saisir.
Voluptueusement je recherchais l'ombrage;
J'écoutais Philomèle assis sous le feuillage;
Et Properce à la main, je me représentais
Le songe qu'il dépeint et que je pressentais!
Ami, mon cœur jaloux te faisait un mystère
Du bonheur que m'offrait une douce chimère;

Je voulais jouir seul de ma félicité ;
Ses secrètes faveurs plaisaient à ma fierté.

Mais quand il me fallut quitter la solitude
Où je portai longtems ma vague inquiétude,
Mes pleurs en nos adieux s'exprimèrent pour moi :
Mon cœur en cet instant ne regrettait que toi !

Un monde fastueux frappa d'abord ma vue ;
Mais il ne toucha pas mon âme prévenue.
J'étais indifférent à ces nombreux plaisirs
Dont le vide aussitôt remplace les désirs.
De la divinité le plus charmant ouvrage,
Les femmes cependant obtinrent mon suffrage.
La timide beauté m'entraîna sur ses pas ;
Que ne peuvent sur nous de semblables appas !
De ces objets flatteurs mon âme fut éprise ;
J'espérais rencontrer une tendre Héloïse

Faite pour les vertus et fille des amours,
Pour donner le bonheur et l'éprouver toujours.
Sensible, impétueux, d'un noble caractère,
Combien je redoutais une femme légère!
Elle eût flétri mes jours, et, dans mon désespoir,
Que n'eût osé mon bras conduit par le devoir!...
Ou plutôt, frémissant de punir la parjure,
Je me serais banni de toute la nature;
J'aurais cherché la mort dans mes maux abîmé:
Peut-on détruire, hélas! ce qu'on a tant aimé?
Un véritable amant ne connaît pas le crime;
Il sait se dévouer comme seule victime;
A l'autel des destins il court porter ses vœux,
Et c'est là seulement que se brisent ses nœuds!

Bercé d'un fol espoir et sans expérience,
D'un idéal objet je rêvais l'existence.
Il régnait en mon cœur paré de mille attraits;
Avec ravissement je contemplais ses traits.

De mon esprit troublé la vision charmante
M'inspirait les désirs que fait naître une amante!
A l'égal du mortel dont l'habile ciseau
Des chefs-d'œuvre de l'art produisit le plus beau,
Ainsi je souhaitais qu'une autre Galathée
Vînt répondre aux transports de mon âme exaltée!
Vain espoir! chaque jour réduit à désirer,
Mon cœur d'un trait amer se sentait déchirer.
Sombre, inquiet, ému, j'errais avec tristesse
Sous les bosquets rians des rives du Permesse;
Ma lyre avait cessé ses chants mélodieux;
Je venais d'oublier le langage des dieux!...

Quelle voix ranima mes forces épuisées?
Fut-ce l'accent divin des Grâces enlacées
Au temple de l'Amour? — Une nouvelle ardeur
De mes sens agités passa jusqu'à mon cœur;
Entre mille beautés elle jeta ma vie;
Mon âme à leur aspect fut encore ravie;

Ramené sous le joug, j'osai me renflammer;
Je n'avais pas encor passé le temps d'aimer!
J'errai longtemps parmi cette foule charmante
Sans pouvoir y trouver une fidèle amante:
Les femmes se jouaient de ma simplicité;
Toutes riaient, hélas! de ma crédulité!
Elles ne croyaient point au sentiment timide
De ce premier amour que nous décrit Ovide,
Et que Gentil-Bernard, en des vers enchanteurs
Dictés par Vénus même, a gravé dans les cœurs!
Aussi je me sentais accablé de tristesse
Sous le fragile joug de ma propre faiblesse.
Je m'efforçais en vain de prendre tour à tour
Ce ton souple et léger qui fait l'homme du jour;
De suivre les leçons qu'une aimable coquette
M'insinuait tout bas en faisant sa toilette;
Rien n'avait le pouvoir de me rendre charmant;
Près des belles j'étais toujours un triste amant!

Las enfin de jouer un pareil personnage,
Je voulus sans retour briser mon esclavage;
Mon cœur désabusé retrouva sa fierté:
Quels biens j'avais perdus avec ma liberté!
Fatigué des mortels, j'allai revoir encore
Mes épaisses forêts et les filles de Flore.
Alors le doux printemps épandait ses faveurs;
Des couples amoureux s'éveillaient les ardeurs.
Les arbres reprenaient une forme élégante;
Sur leurs fronts s'élançait la vigne caressante;
Le thym, la violette, embaumaient les gazons,
Et le tarin dans l'air modulait ses chansons.
Au milieu des guérets la gentille fauvette
Pour ses chers nourrissons formait une cachette.
Chaque objet renaissait sous un ciel radieux;
Tout ressentait d'un dieu les bienfaits gracieux.
Comment n'aurais-je pas chéri mon existence?
Mon âme du bonheur recouvrait l'espérance;
Ma cabane m'offrait des plaisirs si parfaits!
Mes livres, les beaux-arts, possédaient tant d'attraits!

Quand l'aube du matin blanchissait les montagnes,
J'allais, guidé par elle, admirer nos campagnes.
Parvenu sur le front d'un gracieux coteau
Non loin duquel paissait un tranquille troupeau,
Mon œil se promenait, avide, dans l'espace;
Extasié, ravi, je restais à ma place;
J'y demeurais longtemps, et puis je m'asseyais
A côté du pasteur, sous un ombrage frais.
Nous parlions tour à tour d'amour et de culture;
En l'écoutant, j'aimais encor plus la nature;
Lui-même sentait croître, au récit de mes feux,
Dans son cœur simple et pur son intérêt pour eux!
Que ces épanchemens avaient pour moi de charmes!
Mes yeux ne versaient point alors d'amères larmes;
Séparé des méchans, loin d'un monde trompeur,
Sans crainte je pouvais jouir de mon bonheur.
Là du moins nul mortel n'osait ternir mon heure
Ni troubler le repos de mon humble demeure;
Il n'empoisonnait pas de son âpre venin
Mes démarches du soir et celles du matin.

Sous les saules rians qui bordent nos prairies
J'étais libre d'errer avec mes rêveries,
De suivre le ruisseau qu'entoure un vert buisson
Ou d'écouter d'Églé la naïve chanson.
Combien j'aimais le bruit des cloches argentines
Des troupeaux qui le soir descendaient les collines!
Au détour du sentier souvent je m'arrêtais,
Et le cœur tout joyeux, là je les attendais!
Puis me mêlant parmi les timides bergères
Qui non loin des pasteurs regagnaient leurs chaumières,
J'arrivais doucement à mon simple réduit,
Où je goûtais en paix les charmes de la nuit.
Nul songe malfaisant ne planait sur ma couche;
Le souris du bonheur reposait sur ma bouche;
Aucune vision n'altérait mon sommeil;
Chaque jour le plaisir m'attendait au réveil.

La serpette à la main, souvent avec l'aurore
J'émondais mes vergers, que Pomone décore;

Je donnais à mes fleurs de salutaires eaux
Et de mes frais bosquets je courbais les rameaux.

Un jour, trop heureux jour, je bénis ta mémoire!
Je chantais sur mon luth un cantique de gloire;
Trois fois vers l'Éternel le saint nom d'Hosanna
Avait volé, lorsque celui qui l'entonna,
L'ange ami du seigneur, tout brillant de lumière
M'apparut. Aussitôt tombant dans la poussière,
Courbant mon humble front devant sa majesté,
Et croisant mes deux mains sur mon sein agité,
J'attendis de mon Dieu la parole suprême.
« Ne crains pas du Sauveur, dont l'amour fut extrême,
« Le terrible courroux, dit l'envoyé des cieux;
« Je n'apparais jamais qu'à l'homme vertueux.
« Écoute de mon roi la volonté sacrée:
« Il veut que dans les bras d'une épouse adorée
« Tu finisses des jours que sa main doit bénir.
« Adieu!.. de son bienfait garde le souvenir!»

Il dit et disparaît. Aussitôt je m'écrie :
« Mais, hélas! où trouver cette femme chérie?..»
Une voix me répond : « Regarde! » et près de moi
Je vois une beauté qui me dit : « Est-ce *toi?*...
« Es-tu l'être divin dont mon âme abusée
« Entretint si longtemps ma crédule pensée?..
« Oui!.. tu l'es, car ton œil ne semble pas trompeur...
« Il contemple le mien avec tant de douceur!..
« Te main serre ma main d'une façon si tendre!..
« Ami! vas-tu parler?.... veux-tu me faire entendre
« Cette voix qui fera le charme de mes jours?..»
« Oh! dis-je avec transport, je t'aimerai toujours!..
« Deviens dès ce moment ma fidèle compagne!
« Comme la simple fleur qui croît sur la montagne
« Et qui des feux du jour craint les perfides traits,
« Dans l'ombre viens cacher tes ravissans attraits!
« Viens! j'ai des fruits, des fleurs, des eaux sous le feuillage;
« Tu pourras dans leur sein admirer ton visage,
« Des roses du matin couronner tes cheveux,
« Et du soir écouter les chants harmonieux.

« Vois mon réduit obscur, ces riantes vallées;
« Contemple ce beau ciel, ces routes isolées;
« Tourne ici tes regards : vois-tu sur ces coteaux,
« Précédés des bergers, ces immenses troupeaux?
« Vois-tu ces bois épais, ces prés, ces champs fertiles,
« Ces toits couverts de chaume, et dont le bruit des villes
« Ne trouble pas la paix? eh bien ! dans ce séjour
« Sois la divinité du temple de l'amour!
« Établis en ces lieux son gracieux empire ;
« Dispense ses bienfaits à tout ce qui respire,
« Et permets qu'un mortel, tombant à tes genoux,
« Avec celui d'amant joigne le nom d'époux!...»

Ami, depuis ce jour le bonheur m'accompagne.
Te peindrai-je l'amour de ma chaste compagne,
Sa grâce, ses talens, son esprit, sa candeur
Et l'aimable bonté qui règne dans son cœur?
Avec quelle douceur je sens couler ma vie!
Titres, fortune, honneurs, je vous vois sans envie;

Pourriez-vous me donner cette félicité
Que m'offrent sa tendresse et sa fidélité ?
Avec *Elle* un désert, mes pinceaux et ma lyre,
Voilà les seuls trésors qu'ici-bas je désire.
Aux champs, loin des cités, l'amour est plus parfait ;
Sous un ciel toujours pur le cœur est satisfait.
Sans crainte on peut au moins exprimer son ivresse,
Parler du sentiment la langue enchanteresse,
Éprouver d'un regard les aimables douceurs,
De l'âme apprécier les touchantes faveurs,
Voir s'épaissir la nuit avec ce qu'on adore,
Jouir à ses côtés du lever de l'aurore,
Sous un feuillage épais le soir se reposer,
Et pour gage d'amour recevoir un baiser !..

C'est ici que je veux achever ma carrière.
Je préfère aux palais mon obscure chaumière.
Viens, ami, viens me voir sous son toit de roseaux
Près d'*Elle* me livrer à d'utiles travaux !

Viens m'entendre à ses pieds composer une idylle,
Corriger sous ses yeux et mes vers et mon style,
Écouter de sa voix les suaves accens,
Jouir de nos transports et t'unir à nos chants!
Viens t'asseoir avec *nous* sous la verte feuillée
A l'heure où les bergers commencent la veillée :
Là tu verras des mets apprêtés par l'amour;
Dans la coupe à longs traits nous boirons tour à tour!
Hésiode, Aristippe, Anacréon, Virgile,
Sappho, Platon, Tibulle et le chantre d'Achille,
Charmeront du repas tous les momens perdus;
Nous les invoquerons en célébrant Bacchus!
Le front ceint des lauriers de la fière déesse,
Nous chanterons Éros et le roi du Permesse ;
Et bénissant des dieux les bienfaits immortels,
A leur gloire nos mains dresseront des autels!

A

MADAME VIRGINIE MAUCLAIR-DUHAMEL.

Our souls Met!

Dans une frêle barque aux vents abandonnée
J'errais sur les écueils,
Jetant mon heure aux flots comme une fleur fanée
Que l'on rend aux cercueils!

Mon front s'était voilé d'une tristesse austère
Plus sombre que la nuit;
Car je n'avais trouvé jusqu'alors sur la terre
Qu'amertume et qu'ennui!

Pour moi qu'étaient la vie et son fragile rêve,
Élémens de malheur!
Quand mes veines étaient vides de cette sève
Qui fait battre le cœur?

Quand parmi les mortels ma pauvre âme exilée
N'avait fait que souffrir,
Et que chaque sentier de ma route isolée
Ne pouvait rien m'offrir?

Quand la main qui devait couronner le poëte
Au plus beau de ses jours,

Dans celle de la mort, hélas! restait muette
Et froide pour toujours?

Lorsque j'avais perdu les pures jouissances
Du lien fraternel,
Les baisers de ma mère et les douces croyances
Du foyer paternel?

Tel que le jeune oiseau qui sent les mains cruelles
Du perfide oiseleur
Briser son nid d'amour et comprimer ses ailes
Sans dire sa douleur.

Je ne désirais plus des rapides journées
De mes premiers matins
Redemander encor les heures fortunées
Aux bienfaisans destins!

Je ne désirais plus dans un espace immense
Comme l'éternité
Toucher de mon regard l'horizon où commence
Notre immortalité !

Je ne désirais plus à la corde de flamme
Emprunter ces accens,
Délices de l'extase, échos des voix de l'âme,
Qui ravissent les sens !

J'avais fermé mon cœur avec indifférence
A tous ces vains désirs
Qui fatiguent la vie autant que la souffrance
Et que les faux plaisirs !

A mes yeux sans regards comme un songe rapide
Tout s'était effacé ;

Et pour moi le présent était muet et vide
Ainsi que le passé !

J'étais comme une tombe, en qui rien ne respire ;
Car je n'entendais pas
La tempête mugir et ses vagues me dire :
« L'abîme est sous tes pas ! »

La tempête ? — Elle était en moi terrible et sombre,
Prête à se réjouir ;
Semblable à ces démons aux menaces sans nombre
Que Dieu seul peut ouïr !

Sa voix intérieure, en ce moment pareille
A mille échos trompeurs,
Remplissait tour à tour mon âme et mon oreille
De rires et de pleurs !

Et son bruit m'emportait! et loin de la poussière
Qu'animèrent les dieux
L'aile des anges noirs voilait à ma paupière
L'Océan et les cieux!

Et je sentais la vie, humble esclave de l'âme,
Se briser sans gémir,
Tandis qu'aux purs rayons d'une divine flamme
Je croyais m'endormir,

Et qu'un accent plus tendre et plus doux que la lyre,
En m'attirant à soi
Comme un souffle d'amour, tout bas semblait me dire:
« Poëte, éveille-toi! »

Et mon œil se rouvrit. Et la pâle tempête
N'agitait plus les flots;

Car je n'entendais plus de sa lugubre fête
Les cris et les sanglots!

Alors je regardai : — De même qu'à l'abeille
Tout s'offrit radieux;
Et les airs embaumés frappèrent mon oreille
De chants mélodieux!

Puis bientôt à la mienne une main généreuse
Saintement s'enlaça;
Et je sentis mon heure et légère et joyeuse
Lorsque le Temps passa!

Et la terre et le ciel ensemble nous sourirent!
Et les pénibles jours
Dans le fleuve où tout meurt un à un se perdirent
Comme un flot en son cours!

Et le front rayonnant d'un bonheur sans mélange,
En mon cœur je priai
Celui devant lequel vient se prosterner l'ange...
Et puis je m'écriai :

« O toi dont l'univers s'inspire,
Auteur de tout ce qui respire ;
Toi qu'environne ta splendeur
Et dont les bienfaits magnifiques,
Célébrés par les saints cantiques,
Attestent partout ta grandeur ;

« Toi dont la puissance infinie
Dans l'homme a créé le génie
Pour lui montrer ta volonté,
Est-il ici-bas un langage
Qui puisse, ô seigneur ! rendre hommage
A ton amour, à ta bonté ?

« N'est-ce pas ta douce parole
Qui nous ranime et nous console
Quand le songe est évaporé;
Et ta main, soutenant la terre,
Qui sur la plante solitaire
Incline le rayon doré?

« N'est-ce pas toi, père, que prie
L'enfant pour sa mère chérie ;
Qui compte les nids des oiseaux
Dès que la nuit étend ses voiles,
Et qui sait le nombre d'étoiles
Qui parsèment tes cieux si beaux?

« N'est-ce pas ici-bas encore
Ton nom que notre bouche implore
Aux longs jours de l'adversité?
Et n'est-ce pas à ta tendresse

Que notre cœur doit l'allégresse ,
Qu'éloignait la fatalité? »

Gloire à toi! gloire à toi! pour cette immense joie
Qu'en mon heure de deuil ta sagesse m'envoie!
Je respire!... je vis enfin!...
En mon âme je sens palpiter une autre âme,
Œuvre de ton amour, dont la céleste flamme
Me promet un bonheur sans fin!...

Tendre sœur de la mienne, âme noble et parfaite,
Lumière prise au ciel, que le Seigneur a faite
Pour briller sur ma vie en éclairant mes pas;
Toi que j'ai rencontrée à l'heure où du trépas
La coupe sous ma lèvre allait être épuisée,
Et qui dans mon chemin aussitôt l'a brisée
En me priant de croire en toi
Comme l'on croit en Dieu, comme on croit en sa mère,

Oh ! sans ton dévouement, dis-moi,
Que serais-je ici-bas, où tout n'est qu'éphémère ?

Un rameau brisé,
Un vase épuisé,
Un luth sans délire,
Un livre où vient lire
La seule douleur !
Une pâle fleur
Sans parfum ni sève ;
Un brick sur la grève,
Que bat l'océan
Après l'ouragan,
Sans rame ni voile !
Une blanche étoile
Égarée au ciel !
Un cœur plein de fiel,
Un jour sans mémoire,
Un destin sans gloire,

Un muet linceul,
Robe du cercueil!
Un grain de poussière
Jeté sur la terre;
Un atôme errant,
Une voix qui pleure
Lorsque revient l'heure,
Un flot expirant!...

Mais sur ma route dépouillée
Comme une guirlande effeuillée
Sous l'humble pied du voyageur
Tu m'as voilé le front de l'ange du malheur
En te riant de son empire;
Et ma mère, pour te sourire,
A quitté le divin séjour!...

Oh! tout ce que le ciel peut contenir d'amour

Est au fond de mon cœur avec ta douce image.
N'es-tu pas le plus noble ouvrage
Qu'ait formé la divinité
Pour sa gloire éternelle et ma félicité?...

Viens, viens, éloignons-nous des voluptés humaines;
Il est d'autres séjours où nos pieds délicats,
Affranchis pour jamais de leurs pesantes chaînes,
Ne se blesseront pas!

Allons avec l'oiseau nous poser sur ces rives
Où l'on entend frémir dans les brises craintives
Le vent le plus léger;
Où l'âme sent la fleur respirer sur sa tige;
Où l'œil peut voir, ainsi qu'à travers un prestige,
Chaque insecte dans l'air renaître et voltiger!

C'est là que loin du monde et du lâche égoïsme,
Qui n'a jamais connu l'amour ni la pitié,
Nous dirons à l'autel du sublime héroïsme
L'hymne de l'Amitié!

Non! ne demandons pas de bonheur à ce monde;
Mais seulement à Dieu, dont la bonté féconde
A des trésors pour tous qui ne s'épuisent pas!
Fuyons sans l'envier cette gloire superbe
Dont le lourd piédestal écrase le brin d'herbe
Qui croît humblement ici-bas!

Comme une fleur qu'on trouve après l'avoir cherchée,
Aimons la Vérité, qui vers nous s'est penchée
Pour verser en nos seins des paroles sans fiel;
Qu'elle soit le génie à la pure lumière
Qui détourne nos yeux des chemins de la terre
Pour nous montrer celui du ciel!

Enfans de la nature, auteur de cette flamme,
Être mystérieux qui s'agite en notre âme
En variant sa voix, sa forme, sa couleur,
Avec les papillons de la plaine embaumée
Qui s'en vont respirer la brise parfumée
Et baiser chaque fleur,

Allons chercher l'azur, l'air libre, la verdure
D'un éternel printemps;
Qu'auprès de toi j'oublie et mon âpre blessure
Et la course du Temps!

Car autrefois, hélas! mon heure à l'espérance
Ne pouvait recourir;
Je ne sentais plus rien, pas même la souffrance
Qui me faisait mourir!

Mais je t'ai rencontrée, — et la vie a des charmes!
...Mais je te vois!.. mais je t'entends!..
Mais l'ange au triste front qui recueillait mes larmes,
Ne me dit plus : « Attends!..»

Mais je sens que mon souffle à ton souffle se mêle!...
Ne permets pas qu'un autre ose les séparer;
Car pour moi l'existence est une fleur si frêle,
Que je ne pourrais plus sans toi la respirer!

Mais de ton amitié je jouis et m'inspire;
C'est un si grand bonheur d'aimer ce qu'on admire!

Raconte-moi tes jours; dis, ne rêvais-tu pas
A quelqu'âme étrangère aux plaisirs d'ici-bas
Lorsque loin du soleil qui charma ta jeunesse
Errant seule en ces lieux témoins de ta tristesse

Tu n'entendais alors que le bruit de tes pas?..

Tu la cherchais en vain au milieu de ce vide
Qui t'entourait de toutes parts!..
Puis, baissant lentement ta paupière timide
Servant de voile à tes regards,

Tu pleurais... sans espoir! — et moi sur l'autre rive
Pleurant aussi
Je disais, répondant à la brise plaintive :
« Viens! me voici!.. »

Grâce à l'affection que tu me rends si chère
En la déposant en mon cœur,
Je ne connaîtrai plus désormais sur la terre
L'isolement et la douleur!

Ta voix, dont chaque son vibre au fond de mon âme,
Éveillera ces chants
Qui dormaient en mon sein, vide de cette flamme
Qui les rend si touchans!

Mon cœur deviendra bon pour tout ce qui respire;
J'oublierai l'ironie à l'insultant sourire
Et ces mots pleins de fiel
Amassés lentement en une âme offensée,
Pour bénir de ton cœur la touchante pensée,
M'envoler en ton ciel!

De ces hommes d'orgueil que m'importe la gloire,
Moi qui n'ai désiré vivre qu'en la mémoire
D'une âme que je puisse admirer et chérir,
Dont la beauté n'ait rien d'une beauté mortelle,
Et dont mon cœur, foyer d'une flamme éternelle,
Ne se détacherait pas même pour mourir?

Ainsi je crois en toi, car cette âme est la tienne.
Marchons donc au Seigneur; dans ma main mets ta main;
Que mes jours soient les tiens et ton heure la mienne,
Et que pas un souci ne croisse en ton chemin!..

Éternel! Éternel! ouvre-nous les portiques
Du temple radieux
Où la harpe sacrée aux versets prophétiques
Répond du haut des cieux!

Où l'ardente prière et la pieuse extase,
En disant: «Gloire à Dieu!»
Sont du trône immortel, dont ton pied est la base,
Les colonnes de feu!

Car nous venons à toi les mains entrelacées.

O père des mortels! bénis donc nos pensées!
De ceux que nous pleurons encor
Et qui nous ont montré comment on suit ta voie,
Laisse-nous contempler l'allégresse et la joie
A travers tes nuages d'or!...

. . . .

...Tu les as vus sourire, ô moitié de moi-même!
Ils se sont inclinés, en ce moment suprême,
Pour accueillir nos vœux, nous bénir tour à tour!...
Puis la voûte d'azur, de saphirs parsemée,
Sur leurs fronts rayonnans soudain s'est refermée,
Et je te dis, le cœur rempli de leur amour:

Ame dont j'aime la sagesse,
La divine délicatesse

Et les sentimens précieux;
Trésor ignoré de la terre,
Semblable à la fleur solitaire
Dont les parfums charment les cieux,
Heureux le cœur qui te respire
Et qui de toi seule s'inspire
En te disant : « Je suis à toi ! »
Car il n'existe pas de gloire
Qui puisse valoir la mémoire
De cette heure où tu viens à moi
Après t'avoir rêvée
Dans mon heureux berceau,
Lumière retrouvée
De mon premier flambeau !

Sois la pure étoile
Qui suive ma voile
Jusqu'à l'autre bord !
Sois le seul délire

Qui dicte à ma lyre
Un divin accord!
Sois pour mon automne
La verte couronne
Que dans l'avenir
J'aime à voir éclore!
La nouvelle aurore
Que doive bénir
Un jour le poëte,
Pour qui Dieu t'a faite!
Sois le créateur,
L'ange inspirateur
Qu'aime son génie;
La seule harmonie
Attirant à soi,
Qui te fasse éclore
D'autres chants encore
Plus dignes de toi,
Dont les voix fidèles,
Flammes éternelles,

T'apportant mes vœux,
Diront que je veux :

Vivre de l'amitié qui parfume ton âme,
Inspirer tout mon cœur de sa pieuse flamme,
Remplir de toi chaque heure accordée à mes vœux
Garder ton souvenir pour l'emporter aux cieux !
Identifier mon être à tout ce qui te touche,
N'entendre que ta voix, ne croire que ta bouche
Inscrire au temple saint ton nom sur son autel,
Et croire en nous aimant au bonheur éternel ;

Déposer en ton sein ma plus chère espérance,
Exiler de tes jours la pénible souffrance,
Sourire en te voyant sourire de plaisir !
Image de ces traits que l'œil ne peut saisir,
Révéler ma pensée à ton âme ravie,
Et dans le sentiment d'un même et seul désir
Epuiser avec toi la coupe de la vie !...

FIN.

TABLE

DES PIÈCES CONTENUES DANS CE VOLUME.